www.tredition.de

AF205054

Dorothea Kleine

Geh nicht so fügsam in die dunkle Nacht

Erinnerungen

© 2021 Dorothea Kleine
hrsg. von Susanne Lüders, mit einem Nachwort von
Susanne Lüders
Erstmals erschienen 2010 im BS-Verlag, Rostock
Der Titel des Buches stammt aus einem Gedicht von
Dylan Thomas

Verlag und Druck:
tredition GmbH, Halenreie 40-44, 22359 Hamburg
Umschlagfoto: Anja Koch, Magdeburg

ISBN
Paperback: 978-3-347-28791-4
Hardcover: 978-3-347-28793-8
e-Book: 978-3-347-28792-1

Inhalt

Ein kalter Tag im Januar 1945	6
Tante Maria	13
Eine noble Wohnung	18
Berta	23
Dresden	29
Im Sudetenland	33
Eine mögliche Version	41
Wieder in Deutschland	42
Sommerstein	47
Thomas Mann und J. W. Goethe	53
Elisabeth und Johanna	59
In Berlin	63
Magdeburg	73
Johanna und Elisabeth	80
Folgen einer Überschwemmung	85
17. Juni 1953	88
Die Magdeburger Volksstimme	92
Auf andere Art so große Hoffnung	96
Die Mädchen heiraten	101
Eine unappetitliche Geschichte	105
Das Haus in der Ottilienstraße	111
In der Charité	115
Das neue Leben	121
Mord im Haus am See	125
Cottbus und der Schriftstellerverband	131
Anette	141

In der Hölle und im Himmel 147
Sagneinzumleben. 151
Die Reise nach Finnland 157
„Ich will viel reisen und viel sehen." 158
eintreffe heute 163
Ein zweiter Solar plexus 169
Saarbrücken 173
Amerika 178
Nichts bleibt, wie es ist 189
Nachwort 195

Ein kalter Tag im Januar 1945

Ein fremder Soldat stand plötzlich in unserer Wohnküche. Er sagte zu meiner Mutter, sie müsse weg und das schnell, zum Packen wäre keine Zeit. Der Russe stünde nur wenige Kilometer vor der Stadt. In etwa zwei Stunden wäre er da. Die Mutter sah ihn ungläubig, vielleicht skeptisch an. Sie wusste, ihr Bruder Paul hatte den Soldaten geschickt, sie zu warnen. Paul war hoher Offizier der Wehrmacht, eingesetzt im Raum Oppeln und sehr um sie besorgt. Mutter musste davon ausgehen, dass er authentische Kenntnisse über den Vormarsch der Russen hatte. So blieb ihr nichts anderes übrig, als sich zu fügen. Der Soldat setzte drängend nach, in wenigen Stunden wäre es zu spät.

Das Haus, in dem wir wohnten, war ein altes Patrizierhaus, von wildem Wein umwachsen mit einem prächtigen Balkon. Bis auf die Hausbesitzerin, die krank im Bett lag, war das Haus leer. Die Mieter waren geflüchtet, gepeinigt von dem Gedanken erschlagen, ausgeraubt, vergewaltigt und erschossen zu werden. Das war die Information, die der Blockwart verbreiten ließ. Die Untermenschen aus dem Osten sind in unser Land eingefallen, sagte er, sie sind grausam, blutrünstig und unmenschlich, sie fressen kleine Kinder und töten jeden Deutschen.
Mutter hatte sich diesem Szenarium aus Drohung und Nötigung lange entzogen. Ich weiß nicht, wie sie es geschafft hat. Sie war geblieben, als alle anderen gegangen waren. Erst die Warnung ihres omnipotenten Bruders nahm sie notgedrungen ernst.

Meine Mutter war eine kluge, eine schöne Frau. Sie hieß

Anna, für mich der schönste aller weiblichen Vornamen. Unsere Mutter stammte aus einem großbürgerlichen Haus, in ihrer Sippe tummelten sich Akademiker, ein General, zwei Großgrundbesitzer und sogar ein Bischof. Mutter war in einem katholischen Mädchenpensionat erzogen worden. Sie kannte alle Regeln guten Benehmens der gehobenen Gesellschaft.

Im Grunde ihres Herzens war sie eine unpolitische Frau mit einem stark ausgeprägten Beschützerinstinkt. Für sie gab es nur ihre fünf Kinder. Bernhard, der Älteste, Karl war 18, ich gerade 16, Elisabeth 10, und Johanna 8 Jahre alt. Bernhard und Karl hatten sich, auf Anraten von Onkel Paul, freiwillig zur Marine gemeldet, um der Zwangsrekrutierung zur Waffen-SS zu entgehen.

An jenem Tag im Januar 1945, an dem unsere Odyssee begann, lebten meine Brüder noch. Sie fielen, alle beide, ein paar Monate später. Das brach der Mutter das Herz. Auch alle anderen Jungen unserer großen Familie, sieben an der Zahl, alle im Alter um die 20, sind im Krieg geblieben.

Mutter gab dem fremden Soldaten etwas zu essen, dann ging er. Danach verließen auch wir die Wohnung. Mutter verschloss sorgfältig die Tür, als machten wir einen Ausflug und kämen am nächsten Tag zurück. Dann gingen wir hinaus auf die Straße in eine leere, unwirtliche Welt, ins Ungewisse.

An das, was dann geschah, kann sich keine von uns drei Schwestern genau erinnern. Wir haben unterschiedliche Erinnerungen. Ich will mich an meine Erinnerung halten, sie scheint mir die zuverlässigste zu sein.

Die Straße war leer, kein Mensch war weit und breit zu sehen. Wir standen vor dem Haus, wussten nicht, wohin wir uns wenden sollten, sollten wir in die Stadt gehen, zum Rathaus, oder besser in den Wald, wo wir uns verstecken konnten, oder war es vernünftiger, zum Bahnhof zu gehen. Man könnte dort in einen Zug steigen und zu unseren Verwandten fahren, die außerhalb der Gefahrenzone wohnten.

Wir entschieden uns für den Bahnhof. Johanna und Elisabeth hatten nicht begriffen, dass es um Leben und Tod ging. Dass wir in eine Situation geraten waren, die wir nicht mehr beherrschten, wo der Zufall über unser Leben entschied, wo nichts Gültigkeit hatte. Für ein Kind ist das Ungewohnte fremd und aufregend, es sieht nicht den ernsten Hintergrund, ist auch nicht in der Lage, größere Zusammenhänge zu erkennen.

Meine kleinen Schwestern waren weder zickig noch zimperlich, für sie hatte die Situation noch einen Hauch von Abenteuer. Dieses Gefühl sollte sich bald legen. Mit zunehmenden Problemen, es waren inzwischen existentielle Probleme geworden, wuchsen beide Mädchen über sich hinaus, zeigten Einsicht und Verständnis. Viel später entstand zwischen uns dreien eine Art Komplizenschaft, der wir unser Überleben verdankten.

Zurück zu unseren ersten Schritten auf der Flucht. Als wir ein Stück gegangen waren, blieb meine Mutter plötzlich stehen, sie hatte die Tasche mit unseren Papieren zu Hause liegen gelassen. Was sollten wir machen? Die Zeit drängte. Wir hatten etwa zwei Stunden Zeit, wenn wir nicht in den Sturmangriff der Russen geraten wollten. War es sinnvoll umzukehren, die Tasche zu holen? Verloren wir da nicht zu viel Zeit? Mutter entschied, sie würde allein zurückgehen, wir sollten langsam weiter gehen. Sie würde uns schnellen Schrittes einholen, noch bevor wir den Bahnhof erreicht hätten.

Wir wohnten damals in Bolko, einem Vorort von Oppeln. Der Bahnhof war vielleicht drei Kilometer entfernt, das hieß, wir hatten ungefähr eine Stunde zu gehen. Der Weg führte über eine Eisenbahnbrücke. Die Gleise lagen verödet da, kein Zug fuhr. Die Straße war tot, kein Mensch war zu sehen, kein Auto, kein Pferdewagen, nur ein paar Hunde, die von ihren Herrchen ausgesetzt worden waren. Sie drängten sich frierend an eine Mauer.

Ich hielt Johanna an der einen, Elisabeth an der anderen Hand, so gingen wir durch eine tote Welt, vorbei an einer Zementfabrik, die in ihrer Regungslosigkeit gespenstisch wirkte. Wir blieben oft stehen, sahen nach unserer Mutter. Aus der Ferne kam Maschinengewehrfeuer. Der Tag ging zu Ende, er hatte nichts Besseres verdient, es wurde langsam dämmrig.

Endlich erreichten wir den Bahnhof. Die Schalter waren geschlossen.

Nirgendwo brannte Licht. Die Anzeigetafeln waren tot.

In der großen Halle standen Koffer, Taschen, Säcke, Möbelstücke, leere Kinderwagen, ein zusammengerolltes Federbett. Es war das zurückgelassene Gut der geflüchteten Menschen. Sie hatten ihre Habe stehen lassen, um in den letzten Zug zu gelangen. Ein Sturm hatte eingesetzt, als dieser Zug einfuhr. Was die Leute zu Hause gepackt hatten, das Nötigste, was sie zum Leben brauchten, blieb nun zurück. Mütter rissen ihre Kinder aus den Kinderwagen, es galt, das Kind zu retten, nicht den Wagen. Die Menschen hingen wie Trauben an Türen und Fenstern, als der Zug sich langsam in Bewegung setzte.

Wir standen zwischen diesem Gepäck, einsam und ratlos,

was sollten wir nun tun? Ein alter Eisenbahner erschien von irgendwo her. Er hatte eine Laterne, die nach Karbid roch. Er kaute Kautabak, ein dünner Faden brauner Soße rann ihm aus dem Mundwinkel. Er schüttelte den Kopf, als er uns sah. Der letzte Zug ist ja nun weg, sagte er, er ist abgefahren. Nun fährt keiner mehr. Ich bin der Letzte auf dem Bahnhof, die andern sind alle weg. Ich gehe nicht, ich bin hier Rangierer, war mein Leben lang Rangierer, ich bleibe hier, sollen sie mich erschießen, es ist mein Bahnhof.

Er fragte, wo wir herkämen, was wir hier wollten, wo doch kein Zug mehr fahren würde, ob wir keine Mutter hätten oder jemanden, der auf uns aufpassen könnte, warum wir allein losgezogen wären.

Was sollten wir dem Mann sagen, wir hatten keine Antworten.

Ja und, fragte er, was fange ich jetzt mit euch an. Er überlegte, am besten ich bringe euch zum Rangierbahnhof, sagte er, dort steht ein Panzerzug, vielleicht nehmen sie euch mit. Es ist die letzte Möglichkeit wegzukommen.

Wir wussten nicht, was er damit meinte und was ein Panzerzug ist. Aber das konnte uns egal sein, wichtig war, wir kamen von hier weg. Wir zogen mit dem alten Mann los.

Es ging über Gleise und Schotter. Es war ein mühevoller Weg. Der Mann war es gewöhnt, über Gleise zu gehen, uns fiel es schwer, wir konnten ihm kaum folgen. Die Abstände zwischen den Bahnschwellen waren für die kurzen Beine der kleinen Mädchen zu groß. Sie konnten keine so großen Schritte machen, tappten daneben, rutschten ab. Das tat weh.

Es war kalt geworden. Wind trieb feuchten Schnee gegen uns. Johanna fing an zu weinen und auch Elisabeth wimmerte vor sich hin.

Wir näherten uns dem Panzerzug, den zwei Soldaten bewachten. Die Soldaten liefen neben dem Zug auf und ab, in immer entgegengesetzte Richtung. In der Mitte des Zuges trafen sie sich. Ich dachte, was geschieht, wenn sie uns entdecken, aber nicht erkennen, wer wir sind, wenn sie annehmen, ein Spähtrupp der Russen schliche sich heran, den Panzerzug in die Luft zu jagen?

Es war dämmrig geworden, graues, verschwommenes Licht lag über den Bahngleisen, diffuses Licht, das das menschliche Auge dazu verführt, in harmlosen Gegenständen gefährliches Potential zu vermuten.

Die Soldaten waren gar nicht in der Lage zu erkennen, wer auf sie zukommt, dass es drei Kinder und ein alter Mann waren.

Ich dachte, sie werden sofort auf uns schießen, sie müssen auf uns schießen, das ist ihre Aufgabe, es geht ja um ihr Leben.

Die Kinder ahnten nichts von der Gefahr. Elisabeth hatte sich erkältet, sie nieste. Ich legte ihr die Hand auf den Mund. Der Rangierer hob seine Karbidlampe, schwenkte sie hin und her und rief den Soldaten etwas zu. Sie stutzten, dann kamen sie uns entgegen. Die Gefahr war vorüber.

Es begann eine schwierige Verhandlung. Die Soldaten waren nicht bereit, uns an Bord zu nehmen. Zivilisten, sagten sie, dürften nicht in einen Panzerzug. Aber es sind doch Kinder, widersprach der alte Rangierer. Kinder sind auch Zivilisten, erklärte der Soldat.

Ich weiß nicht, was aus dem alten Rangierer geworden ist, ob er lebend davongekommen ist. Ich habe oft an ihn gedacht, immer mit dem Gefühl von Dankbarkeit. Er hatte erreicht, dass wir in den Panzerzug durften. Es war mühevoll hineinzukommen, einer hob uns, einer zog uns.

Endlich waren wir in Sicherheit. Man behandelte uns zunächst eher beiläufig, wie man Menschen behandelt, die man wieder loswerden möchte. Aus reinem Selbsterhaltungstrieb ließ ich irgendwann durchblicken, dass wir Nichten eines hohen Offiziers waren, der in dieser Region eine kommandierende Rolle spielte.

Schlagartig verbesserte sich unsere Lage. Wir durften ins Offiziers-Quartier umziehen, bekamen besseres Essen. Plötzlich waren sie alle nett zu uns.

Elisabeth hatte sich eine Blasenerkältung geholt. Ich bangte darum, sie könnte das Bett des Mannes, der ihr sein Nachtlager überlassen hatte, nass machen, also stand ich jede Nacht auf und brachte sie zur Toilette.

In jener Nacht stand der Zug in einer Station. Ich öffnete die Tür, sah hinaus, erkannte den Namen einer Stadt. Plötzlich war mir klar, unsere Rettung war keine Rettung, wir waren nicht in Sicherheit, wir fuhren nicht in die Etappe, wir fuhren gen Osten in den Krieg. Es konnte nicht mehr lange dauern, bis wir auf den Feind stießen. Niemand hatte daran gedacht, uns rauszusetzen. Der kommandierende Offizier war so sehr mit seinem Kampfauftrag beschäftigt, dass er nicht an uns, an die Kinder in seinem Zug, dachte. Wir mussten so schnell wie möglich aussteigen.

Tante Maria

Unsere Mutter hatte zwei Brüder; der eine hieß Paul, der andere Karl. Onkel Paul habe ich als einen Hünen in Erinnerung, seine Stimme war wie Donnergrollen. Von Beruf war er Philologe, Professor für alte Sprachen. Er heiratete eine kleine, zierliche Frau. Sie kam aus adeligem Haus und hieß Maria. Frauen dieser Art sind fromm, still und gehorsam. Die Familie des Onkels lebte in Neiße. Das Ehepaar hatte drei Kinder, zwei Jungen und ein Mädchen. Die Söhne sind im Krieg geblieben, Tochter Barbara wurde Religionslehrerin.

Im Haus des Onkels ging es förmlich zu. Bei Tisch durfte nicht gesprochen werden. Jeder hatte sein Besteckbänkchen und mit seinem Monogramm bestickte Servietten. Es musste gegessen werden, was auf den Tisch kam. Ich hatte meine Ferien gelegentlich im Haus des Onkels verbringen müssen. Mutter war dem fatalen Irrtum erlegen, ich könnte dort lernen, wie man sich in der besseren Gesellschaft zu benehmen hat.

Das Verhältnis meiner Mutter zu ihren Brüdern war gut und herzlich, wenngleich gerade Onkel Paul ein wenig auf uns und unseren Hausstand herab sah. Er war der Meinung, sie habe unter ihrem Stand geheiratet.

Seit der Stunde, da wir aus dem Panzerzug gestiegen waren, kreisten meine Gedanken um die Stadt Neiße und um Tante Maria. Wir wussten nicht, wohin wir gehen sollten, wer uns aufnehmen würde, wo wir unsere Mutter wiederfinden konnten. Ich hielt es für sehr wahrscheinlich, dass sie nach Neiße, in das Haus ihres Bruders, gefahren war, dort auf uns wartete.

Ich sagte den Mädchen, ich wüsste, wo unsere Mama ist. Darauf brachen sie in ein Freudengeschrei aus und verlangten, dass wir sofort dahin gehen sollten. Die Mädchen vertrauten und gehorchten mir, was zu Hause nicht immer der Fall gewesen war.

Über Nacht war ich ihre Ersatzmutter geworden. Sie begaben sich widerstandslos unter meine Herrschaft.

Ihnen blieb nichts anderes übrig. Mama ist bestimmt in Neiße, sagte ich. Ist doch klar, in der Not flüchtet man zu seinen Verwandten. Die Mädchen waren nur zu gern bereit, dieser Logik zu folgen. Dann lass uns endlich dahin gehen, sagten sie.

Leicht gesagt, ich hatte keine Ahnung, wie weit es von Heidebreck, dort hatte man uns aus dem Panzerzug ausgeladen, also wie weit es von dort nach Neiße war. Waren es sieben Kilometer oder siebzig, zwanzig oder hundert? Und wie sollten wir dahin kommen? Ich weiß bis heute nicht, wie wir es geschafft haben. Die Freude, Mutter wiederzusehen, trieb uns voran.

Wir kamen in ein kleines Dorf, die Nacht brach herein, wir suchten einen Platz, an dem wir übernachten konnten. Die Bauernhäuser waren mit Brettern vernagelt, die Fenster verhangen, aus dem Schornstein stieg kein Rauch, Hunde kläfften, wenn wir uns einem Gehöft näherten. In der Ferne sahen wir einen Kirchturm. Eine Kirche. Auf dem Weg dahin betete ich inbrünstig, lieber Gott, lass die Kirche nicht vernagelt sein. Ich legte meine Hand auf die Klinke, die eisige Kälte ging wie ein Schlag durch den Körper. Die Tür ging auf, die Kirche war nicht verschlossen. Es war wie ein Geschenk.

Im Kirchenschiff war es dunkel. Am Altar brannte eine Kerze. Ein Pfarrer kam. Wir redeten miteinander, bekamen heißen Tee und ein Stück Brot. Die Nacht verbrach-

14

ten wir in der Kirche. In der nächsten Ortschaft, sagte der Pfarrer, etwa zehn Kilometer entfernt, wäre ein Bahnhof, von dort kämen wir mit einem Zug nach Neiße, wenn die Züge noch fahren sollten. Wir verabschiedeten uns und zogen weiter.

Wir liefen auf eine Ortschaft zu, nahmen den Weg durch den Wald, der kalte Wind konnte uns dort nichts anhaben.

Über die Landstraße zog sich ein Flüchtlingstreck. Die würden uns ein Stück mitnehmen, sagte ich den Kindern. Wir rannten über ein gefrorenes Feld, erreichten den Treck, der sich langsam vorwärts bewegte. Flüchtlingstrecks glichen, von reichen Bauern organisiert, einer in sich geschlossenen Festung. Nur die besaßen die Pferde und die Wagen und genug zu essen. Die Menschen auf den Wagen saßen im Stroh, in Mäntel und Decken gehüllt.

Treckführer war meist ein alter Bauer, den man nicht mehr zur Wehrmacht hatte ziehen können. Wenn so einer auf dem Bock saß, hatten wir selten Glück. Die nahmen nie Flüchtlinge auf. Anders war es, wenn eine Bäuerin auf dem Bock saß. Frauen haben ein sensibleres Verhältnis zu Kindern. Von Frauen wurden wir oft mitgenommen, bekamen mitunter sogar zu essen.

Außer Atem vom langen Lauf über das Feld, erreichten wir den Zug. Eine Frau winkte uns heran. Wir kletterten auf ihren Wagen. Johanna sah die Frau dankbar an. Ich möchte immer fahren, sagte sie, meine Füße tun mir so weh.

Am nächsten Tag waren wir endlich in Neiße. Unsere Qual hatte ein Ende. Wir standen vor dem Haus, gingen die Treppe hinauf. Gleich würden wir Mama wiedersehen. Wir waren aufgeregt, unsere Freude war unbeschreiblich. Wir haben unser Ziel erreicht. Jetzt wird alles gut, sagten die Knirpse, wir fahren mit Mama nach Hause. Mit Mama lösen sich alle Probleme, der Krieg ist vorbei, es gibt keinen Fliegeralarm, die Kanonen hören auf zu donnern und wir haben wieder genug zu essen. Sie freuten sich. Ich versuchte nicht, sie zu korrigieren, mir war plötzlich klar, sie hatten den Bezug zur Realität verloren, vermochten nicht mehr real zu denken, die Strapazen waren zu groß. Ihre kleinen Seelen konnten das Leid nicht verkraften. Ihr ganzes Wesen war auf Erlösung eingestellt, die Erlösung kommt nur von der Mutter. Ungeduldig drängten sie zum Haus, dort wartete ihre Mama auf sie.

Wir klingelten. Es dauerte eine Weile, bis sich hinter der Wohnungstür etwas regte. Dann ging die Tür auf, Barbara, unsere Cousine, ließ uns ein. Sie war erstaunt, begrüßte uns, fragte, wie es uns ginge. Dann rief sie in die Wohnung: Komm mal schnell, die Oppelner sind da. Tante Maria kam aus einem der hinteren Zimmer. Sie zog uns in die Wohnung, umarmte uns. Wo kommt ihr her? fragte sie. Und wo ist eure Mutter? Ich sah die Kinder an, sie begriffen nicht, welch schrecklicher Sinn in dieser Frage lag.

Können wir hier auf Mutter warten? fragte ich, Mama kommt ganz bestimmt hier her, wo soll sie denn sonst hin.

Das geht leider nicht, sagte Tante Maria, hier könnt ihr nicht bleiben. Wir gehen auch weg, bald schon, es ist schon alles gepackt.

Jetzt erst sah ich die Kisten und Koffer im Korridor. Ich dachte, wahrscheinlich hat Onkel Paul ein Auto organisiert, einen Soldaten abgestellt, der Frau und Tochter in

Sicherheit bringt.

Eine Nacht könnt ihr bleiben, sagte die Tante, dann müsst ihr wieder gehen. Nun weint mal nicht, ihr werdet eure Mutter schon finden.

Wir bekamen eine warme Mahlzeit, Barbara packte Brot und Wurst in eine Tasche. Am Morgen des nächsten Tages verabschiedete uns Tante Maria, wünschte uns viel Glück.

Zwölf Stunden später traf unsere Mutter dort ein.

Oh mein Gott, sagte Tante Maria, die Kinder sind gerade weg. Mutter blieb eine Nacht bei ihrer Schwägerin, zog weiter, uns zu suchen.

Wieder waren wir auf der Straße. Die kleinen Mädchen waren stumm geworden, sagten kein Wort, jammerten nicht, weinten nicht, sie waren wie nicht mehr von dieser Welt. Ich ließ sie in Ruhe, irgendwann, dachte ich, wird alles wieder gut.

Mit hilflosem Zorn und auch Neid im Herzen zogen wir weiter. Tante Maria fährt nicht ins Ungewisse, dachte ich, sie hat eine Adresse, weiß, wo sie in Sicherheit ist. Es ist vielleicht das Haus einer ihrer adeligen Verwandten. Hätte sie uns nicht mitnehmen können?

Tante Maria war in einem Ort nahe Köln untergekommen. Sie blieb dort bis Kriegsende, nach Kriegsende kam Onkel Paul dazu. Er bekam eine Professur an der Universität in Köln. Ich habe Tante Maria nicht wiedergesehen.

Eine noble Wohnung

Eine Sechzehnjährige hat nur geringe Kenntnisse von der militärischen Strategie, ihr sind auch die taktischen Feinheiten weitgehend verborgen. Deshalb wusste ich auch nicht, wo die Kampflinie verläuft. Nach meiner naiven, von jeder Kenntnis ungetrübten Logik konnte es drei Möglichkeiten geben, entweder verlief die Front gerade, wie mit dem Lineal gezogen, sie konnte aber auch im Zick-Zack verlaufen. Es konnte aber auch sein, dass der Russe einen Ring um die deutschen Stellungen legt. Dann hätte er seinen Feind im Schwitzkasten, rückte ihm von allen Seiten auf den Pelz.

Für uns Herumirrende waren solche kriegstaktischen Überlegungen von Bedeutung. Uns war nämlich wenig daran gelegen, in einen Kessel zu geraten, abgeknallt und unter den Gefallenen verbucht zu werden. Es hatte auch wenig Sinn, dahin zu gehen, wo in den nächsten Stunden der Feind einzieht. Bedauerlicherweise war niemand da, der uns diese wichtigen Fragen beantworten konnte.

Als wir in Lauban eintrafen, wussten wir nicht, wie weit wir von der Frontlinie entfernt waren. Auf dem Marktplatz sah ich eine Gruppe Soldaten, sie standen um einen Panzerspähwagen und zwei Geländewagen herum. Ich ging auf die Soldaten zu, sprach den Offizier an, erklärte ihm unsere Lage. Soldaten waren unsere natürlichen Verbündeten, ihre Lage war genauso unerfreulich wie unsere. Aus einem instinktiven Gefühl von Solidarität heraus halfen uns Soldaten immer weiter. Manchmal gab man uns sogar etwas zu essen, manchmal nahm man uns ein Stück mit, mitunter half uns schon eine Information weiter.

In Lauban war alles anders. Da geschah etwas Sonderbares. Nach dem Gespräch mit dem Offizier rief er einen Soldaten heran. Wir stiegen in ein Auto und fuhren durch die Stadt. Vor einem Mietshaus in gut bürgerlichem Stil hielt er an, stieg mit uns die Treppe hoch. Vor einer Wohnung im ersten Stock blieb er stehen, schloss die Tür auf, ließ uns eintreten, führte uns durch die Wohnung, sagte, hier könnten wir eine paar Tage bleiben.
Mir war die Sache ein wenig unheimlich. Ich fragte, wo die Besitzer sind und was passieren würde, wenn sie plötzlich auftauchten.
Der Soldat sagte, die Leute sind geflüchtet, wären unterwegs in den Westen, es ist unwahrscheinlich, dass sie zurückkämen. Wir könnten uns frei bewegen, als wären wir zu Hause.

Es war die vornehme Wohnung wohlhabender Leute. In der Flurgarderobe sah ich einen Pelzmantel hängen. Mein Gott, ein Pelzmantel, ein Königreich für einen Pelzmantel. Was war begehrter in diesem grausig kalten Winter als ein Pelzmantel?! Warum hatte die Frau den Mantel nicht angezogen, hatte sie zwei davon? Vielleicht wollte sie ihn auch nur schonen.
In der Speisekammer standen Gläser mit eingewecktem Obst. Was für eine Versuchung. Wir wagten nicht, ein Glas aufzumachen. Schweren Herzens gelobten wir, allen Verlockungen zu widerstehen. Wir nahmen, was uns vor dem Hungertod bewahrte, Brot, Schmalz, Leberwurst, Limonade, Kekse von Weihnachten.
Das Badezimmer wurde zum eigentlichen Erlebnis. Dann gingen wir schlafen, jeder hatte ein Bett ganz für sich

allein, deckten uns mit richtigen Federbetten zu.

Der Traum dauerte zwei Tage. Dann wurden wir aufgefordert, uns registrieren und in ein Flüchtlingslager einweisen zu lassen. Ich dachte nicht daran, das zu tun. Wir wollten in kein Flüchtlingslager. Wir suchten unsere Mutter. Und die saß auf keinen Fall in einem Flüchtlingslager. Mit kindlichem Ordnungssinn und naiver Bewertung der tatsächlichen Lage, dass alles bald in Schutt und Asche liegen würde, räumten wir die Wohnung auf, sorgten dafür, dass alles war, wie wir es vorgefunden hatten. Die Glasschüssel, die mir zu Bruch gegangen war, warf ich schuldbewusst in einen Mülleimer.

Außer Brot und ein Stück harter Wurst nahmen wir nichts mit.

Die nächste Station war Liegnitz. Meine navigatorischen Fähigkeiten hatten sich inzwischen erfreulich entwickelt. Ich fand schnell heraus, wo es in den Städten zum Bahnhof ging, möglicherweise keine ungewöhnliche intellektuelle Leistung.

Bahnhöfe spielten in dieser Zeit eine besondere Rolle. Ein Bahnhof war nicht nur ein Bahnhof, also ein Ort, wo die Züge hielten, Menschen wegfuhren oder ankamen. Ein Bahnhof war damals viel mehr, er war zum Sammelplatz versprengter Menschen geworden. Er war auch Informationsbörse, Treffpunkt für Flüchtlinge, Treffpunkt armer, unglücklicher Seelen. Wenn man nicht wusste, wo man hingehen sollte, ging man zum Bahnhof. Dort begegnete man den Betroffenen, man konnte reden, sich trösten. Und man bekam Informationen, zum Beispiel erfuhr man, wie die Lage in ganz bestimmten Orten war.

Und manchmal hielt sogar ein Zug. Man konnte einsteigen, gleichgültig, wohin er fuhr. Im Wartesaal hing ein Brett, daran hefteten Nachrichten, Mitteilungen, Adressen, Hilferufe, Hinweise, da stand manchmal auch nur ein Satz: Marta, ich suche dich so sehr. Ich war dabei, wie eine Frau ihren alten Vater ganz zufällig wiederfand und unendlich glücklich darüber war.

Menschen auf der Flucht haben nichts zu verlieren. Die sozialen Schranken sind aufgehoben. Man geht wie selbstverständlich aufeinander zu, fragt: Wo kommst du her? Wie sieht es in der Stadt aus, kennst du das Haus am Markt gegenüber der Apotheke, steht es noch? Wie verläuft die Front? Wo steht der Russe? Wen hast du getroffen? Das waren Fragen, von denen unser Leben abhing. Meine Sympathie für Bahnhöfe hat sich bis heute erhalten.

Die Freundlichkeit und Hilfsbereitschaft tat mir gut, ich fühlte mich mit ihnen verbunden, ich war nicht mehr allein in dieser kalten, grausamen Welt. Nie wieder habe ich eine solche Atmosphäre von Zusammengehörigkeit, Hilfsbereitschaft erlebt. Es war die grenzenlose Not, die uns vereinte, die alle gleich machte. Kann sein, dass manche Menschen das erst begriffen, als sie selbst am Ende waren. Not scheint das bestimmende Element zu sein, durch das sich der Mensch auf seine Menschlichkeit besinnt.

In Liegnitz gab es eine funktionierende Bahnhofsmission vom Roten Kreuz. Eine Schwester brachte den Kindern einen Napf mit heißer Suppe. Die Mädchen stürzten sich auf die Suppe und mampften los. Die Schwester stand daneben, sagte tadelnd: Gebt eurer Mut-

21

ter auch was ab.

Ich dachte, hat die Frau einen Sehfehler. Das kann es doch nicht sein, dass sie mich für die Mutter der beiden Mädchen hält. Oder hatte ich mich so verändert, dass ich tatsächlich schon so alt aussah? Vielleicht hatten mich die Wochen, die wir wie Obdachlose, immer in Angst, durchs Land zogen, alt gemacht? Ich war doch erst sechzehn.

Es war lange her, dass ich in einen Spiegel geschaut hatte, wozu auch. Da war keiner, der mich zur Kenntnis nahm. Es interessierte niemanden, was ich an hatte. Für keinen der Flüchtlinge ging es um Schick und Charme, es ging nur um unser Leben.

Mir wurde plötzlich bewusst, dass ich dabei war, einen Teil meiner Jugend einzubüßen. Statt mit Freunden um die Häuser zu ziehen, ins Kino zu gehen oder was man sonst so anstellt, wenn man jung ist, vertrat ich Mutterstelle.

Ich war ständig auf der Hut, dass uns nichts passierte, wir wollten den Krieg gesund überstehen. Ich hatte dafür zu sorgen, dass die Mädchen jeden Tag etwas zu essen hatten, dass wir nachts nicht auf der Straße schliefen. Ich musste aufpassen, dass die Kinder nicht krank wurden, wo hätte ich einen Arzt hernehmen sollen. Und ich musste dafür sorgen, dass die Kleinen den Mut nicht verloren. Ich gab ihnen die Sicherheit, wir werden unsere Mutter finden.

Die Aufgaben eines Erwachsenen zu lösen, macht erwachsen. Als ich am Ende meiner Überlegungen angekommen war, hatte ich Zweifel, ob ich überhaupt noch den Mut haben werde, in einen Spiegel zu schauen.

Berta

Der zweite Bruder meiner Mutter hieß Karl, war Rektor einer großen Schule in Malapane. Onkel Karl hatte seine Cousine Franziska geheiratet, sie wurde von allen Franja gerufen. Tante Franja hatte das klare, strenge Profil einer klassischen Schönheit. Sie war Onkel Karls große Liebe, blieb es bis zu ihrem Tod. Das Paar hatte vier Kinder, drei Mädchen und einen Jungen. Die Ferien, die ich dort verbringen durfte, waren heiter und unbeschwert. Die Tante mochte mich, deshalb fuhr ich gern hin.

Ein besonderes Erlebnis ist mir im Gedächtnis geblieben. Ich war ungefähr zwölf Jahre alt, die Ferien waren zu Ende, ich sollte wieder nach Hause fahren, da nahm mich die Tante beiseite und sagte die bedeutenden Worte: Wenn du nächstes Jahr kommst, kriegst du das Fahrrad von Eva, sie ist dann groß und braucht ein größeres.

Für mich ein Ereignis von Weltbedeutung. Ein Jahr lang träumte ich davon, auf meinem kleinen Rad zu fahren. Ich radelte durch die Stadt, über Felder und Wälder, beneidet, bewundert von meinen Freundinnen. Ich war glücklich, wurde folgsam, ordentlich, schwänzte die Schule nicht mehr, ging Sonntagvormittag in den Kindergottesdienst, anstatt wie sonst heimlich ins Kino. Ich wollte durch ungebührliches Benehmen meine Chancen nicht aufs Spiel setzen.

Ich habe das Fahrrad nicht bekommen. Noch bevor das Jahr um war, brach der zweite Weltkrieg aus, verhinderte, dass mein sehnlichster Wunsch in Erfüllung ging. Mit den Ferienreisen war es erst einmal vorbei.

Meine Erinnerungen an Tante Franja brachten mich auf

die Idee, zu ihr zu flüchten. Dort wären wir gut aufgehoben. Es war außerdem möglich, dass sich Mutter dort aufhielt. Zwischen ihr und der Tante herrschten freundschaftliche Beziehungen. Die beiden Frauen kannten sich seit Kindertagen, hatten einige Jahre gemeinsam im Mädchenpensionat verbracht.

Noch bevor wir uns auf den Weg machen konnten, musste ich wissen, wie es in Malapane aussah. Ich wollte nicht sehenden Auges in den Tod rennen, musste wissen, wo die Front verlief, wie weit der Russe vorgedrungen war. War Malapane überhaupt noch frei oder schon besetzt.

Diese Information konnte ich nur am Bahnhof bekommen. Ich sprach Leute an, fragte, suchte so lange, bis ich eine Familie aus Malapane traf. Von ihr erfuhr ich, Malapane war schon in der Hand der Russen. Eine Rot-Kreuz-Schwester erzählte mir, ein Flüchtlingstreck aus Malapane habe hier Halt gemacht. Die Leute ruhten sich aus, dann zogen sie weiter. Die Schwester konnte nicht sagen, wohin sie gezogen waren. Später erfuhr ich, auch unsere Mutter hatte sich in diesem Zug befunden. Sie hatte sich zur Tante Franja durchgeschlagen, glaubte, uns dort zu finden, war dort geblieben in der Hoffnung, wir kämen dahin. Als die Front näher rückte, schloss sie sich dem Flüchtlingstreck an. Gemeinsam mit Tante Franja und den Kindern zog sie in eine unbekannte Gegend.

Wieder hatten wir unsere Mutter verpasst, wieder war es um Stunden gegangen.

In meiner Not fing ich an, an mystische Kräfte zu glauben. Ich begriff nicht, welche Macht uns wie Schachfiguren beliebig hin und her schob. Wer trieb mit uns ein böses Spiel. War es immer nur dummer Zufall. Es war schwer, die Enttäuschung zu verkraften. Ich sehnte mich so sehr danach, Mutter zu sehen, die Verantwortung in ihre Hände zu legen. Wieder einmal sagte ich mir, es hilft nichts, wir müssen weitermachen.

Aus Kindertagen war mir in Erinnerung, dass unsere Eltern gelegentlich im Riesengebirge Urlaub machten. Sie fuhren, wenn ich den Ort noch richtig im Gedächtnis habe, nach Krumhübel, wohnten in einer Pension bei einer Frau Berta. Über die Jahre hatte sich ein freund-schaftliches Verhältnis zwischen Mutter und dieser Berta entwickelt. Dass die Eltern später nicht mehr hinfuhren, mochte daran gelegen haben, dass sie sich den Urlaub nicht mehr leisten konnten, nachdem sich die Familie alle paar Jahre mal um ein Mädchen, mal um einen Jungen vergrößerte.

Je länger ich darüber nachdachte, unsere Mutter bei Berta zu finden, desto sicherer wurde ich. Warum war ich nicht früher darauf gekommen. Ich konnte meine Überlegun-gen nie auf ihre Brauchbarkeit überprüfen. Mir fehlte jemand, mit dem ich hätte sprechen können. Und so war ich auf meinen eigenen noch unausgereiften, unerprobten Verstand angewiesen und auf die Zustimmung meiner beiden kleinen Kumpel.
Ich sagte zu ihnen: Kinder, wir fahren ins Riesengebirge, dort können wir bleiben bis alles vorbei ist.
Kommen wir da alle unter? fragten die Mäuse.
Ich erzählte ihnen vom Urlaub der Eltern und wie schön es in Krumhübel ist. Platz habe Berta genug, das Haus ist groß, sonst wohnen dort Feriengäste.
Ich war froh, dass mir Krumhübel rechtzeitig eingefallen war. Mir schien, als wäre das überhaupt die Lösung aller

Probleme. Dort konnten wir in Ruhe das Ende abwarten, brauchten nicht mehr durchs Land zu ziehen, waren in Sicherheit.

Im Riesengebirge fanden keine Kampfhandlungen statt. Das Leben dort, so hieß es, verliefe normal. Ein Eisenbahner erklärte mir den Weg nach Krumhübel. Wir müssten zuerst nach Hirschberg, von dort mit dem Triebwagen nach Krumhübel.
Wir machten uns auf den Weg. Noch fuhren die Züge nach Fahrplan, wir bekamen sogar einen Sitzplatz. Wenn ich heute an diese Reise denke, sehe ich den Schnee, den vielen Schnee, der meterhoch in Krumhübel lag. Die Landschaft bot ein heiteres, friedliches Bild, in das man sich verlieben konnte. Idylle pur, hoher, weiter, blauer Himmel, weiße Berge, überzuckerte dunkle Wälder, villenartige Häuser mit Balkon, roten Dächern, aus den Schornsteinen quoll weißer Rauch Wir konnten uns nicht satt sehen, waren vergnügt, freuten uns auf die Zeit in Krumhübel.

Das Haus der Berta war groß und schön, lag auf einem Hügelchen. Für uns war es das schönste Haus der Welt. Wir betrachteten es ausgiebig, dann stiegen wir die Stufen hoch, setzten den Türklopfer in Bewegung. Als niemand öffnete, betraten wir das Haus. In der Diele war es mollig warm, aus der Küche duftete es nach Kartoffelsuppe. Ein alter Mann tauchte auf, kam auf uns zu, sagte ohne Umschweife: Berta ist nicht da. Dann warf er uns raus.

Taumelnd gingen wir zum Bahnhof zurück. Was war das? Was war mit uns geschehen? Wollte uns der Alte vernichten? Wie böse muss man sein, um so einen Satz sagen zu können. Was sollten wir tun? Vielleicht sollten wir hier bleiben, versuchen, irgendwo unterzukommen? Welche Familie in dieser heilen Welt würde uns aufnehmen? Wir sollten endlich aufhören, an Wunder zu glauben.

Wir fuhren nach Hirschberg zurück. Was sollten wir dort machen? Der Triebwagen stand abfahrtsbereit. Wir stiegen ein, sahen hinaus in den blauen Himmel, an dem keine Wolke schwamm. Die Sonne schien. Sonne und Schnee und dazu die himmlische Stille. Das ist die schönste Kombination, die es auf der Welt gibt. Wie dicht wohnt das Böse neben dem Schönen.

In Hirschberg endete der Zug. Wir mussten aussteigen, obwohl es da so warm war. Da standen wir nun und wussten nicht weiter. Auf dem Bahnsteig war eine Bank, wir setzten uns. Die Sonne war inzwischen untergegangen, Wind war aufgekommen, wehte uns kalt entgegen. Es war Abend geworden. Wo sollten wir die Nacht verbringen, wer kümmerte sich um uns?
Ich begann an mir zu zweifeln, ob meine Regie klug war, ob ich alle Möglichkeiten bedacht, alle Gefahren einkalkuliert hatte. Es schien, als wäre ich kein guter Beschützer meiner kleinen Schwestern. Ich bekam Angst, in ein tiefes Loch zu fallen.
Die Niederlage in Krumhübel hatte mir den Mut genommen. Bis jetzt glaubte ich, alles richtig gemacht zu haben. Nun schien alles zu Ende zu sein. Von dem Schlag würde ich mich nicht erholen. Ich konnte nicht mehr. In mir war etwas zerbrochen. Ich hatte die Orientierung verloren. So muss es sein, wenn man den Verstand verliert, dachte ich, man akzeptiert die Wirklichkeit

nicht mehr. Man träumt, will seinen Traum umsetzen.

Ich wollte nach Hause gehen, als wäre ein Spiel zu Ende, dessen Ablauf ich beliebig bestimmen konnte. Als wäre es die natürlichste Sache der Welt, nach einem Spiel nach Hause zu gehen. Ich hatte verdrängt, dass wir kein Zuhause mehr hatten, wir getrieben wurden, die Kinder da waren, die auf mich zählten.

Johanna und Elisabeth waren kleine, sensible Geschöpfe, sie spürten, dass irgendetwas mit mir nicht mehr stimmte. Sie saßen eingeschüchtert auf der Bank neben mir, froren, hatten Hunger und sagten kein einziges Wort.

Während wir so saßen, fuhr ein Zug ein, ein Soldatenzug. Ein Soldat und eine Frau waren auf den Bahnsteig gekommen. Sie umarmten sich. Die Frau streichelte den Arm des Soldaten. Der Junge stieg ein. Der Zug fuhr ab. Die Frau winkte, stand lange, sah dem Zug hinterher. Sie stand noch, als der Zug längst verschwunden war. Sie wischte sich die Tränen aus dem Gesicht und wollte gehen. Dann sah sie uns, kam näher, setzte sich zu uns. Wir erzählten ihr unsere Geschichte. Sie sagte: Dieser verdammte Krieg. Dann, nach einer Weile: Kommt mit. Sie nahm uns zu sich. Sie war Lehrerin, wohnte in der oberen Etage einer Schule. In ihrer Wohnung roch es nach Kuchen. Ein Duft wie eine Verheißung, er füllte den Raum mit Erinnerungen an ein anderes Leben. Den Kuchen hatte sie für den Sohn gebacken.

Wir bekamen Suppe und Butterbrot. Dann zeigte sie uns die Kammer, in der wir schlafen konnten. Am nächsten Morgen bekamen wir Frühstück. Bevor wir uns verabschiedeten, schenkte sie uns Pulswärmer, die sie für Soldaten an der Ostfront gestrickt hatte, grüne Pulswärmer, für dünne Kinderarme viel zu lang, aber sie waren warm.

Dresden

Es war der 13. Februar 1945. Ein Tag, wie viele Tage vor ihm, er war grau, kalt und ohne Zuversicht. Doch er sollte ein Tag werden, der für immer in die Geschichte Deutschlands eingehen würde. Davon wussten wir zu diesem Zeitpunkt natürlich nichts. Uns interessierte in diesem Moment die Weltpolitik überhaupt nicht. Uns interessierte nur eins, wie finden wir endlich unsere Mutter.

Wir mussten die Spur der Malapaner aufnehmen. Dabei konnten uns die Informationen der Flüchtlinge helfen. Wo immer wir sie trafen, fragten wir und bekamen widersprüchliche Antworten. Die einen sagten, die Malapaner sind in Richtung Oelsnitz unterwegs, die anderen sagten, sie wären nach Bayern gezogen. Wir mussten uns entscheiden, sollten wir nach Oelsnitz oder nach Bayern aufbrechen. Für welche Richtung sollten wir uns entscheiden? Ein Vabanquespiel. Oelsnitz kann unser Glück sein, Bayern aber auch. Nach der Wahrscheinlichkeitstheorie wären wir allerdings jetzt mit einem bisschen Glück dran.

Wir entschlossen uns in Richtung Oelsnitz aufzubrechen. Die beste Verbindung, sagte man uns, führe über Dresden. Zu diesem Zeitpunkt war auf nichts mehr Verlass. Das wussten wir nur zu gut. Eine gewisse Lethargie hatte sich bei uns breit gemacht. Wir wollten die Welt nehmen wie sie war.

Auf Umwegen, die ich nicht mehr beschreiben kann, kamen wir nach Dresden. Das heißt, nicht direkt bis in die Stadt, sondern bis zum Stadtrand. Dort blieb der Zug stehen. Er hatte keine Einfahrt. Wir standen und standen. Die Lokomotive war noch am Zug, war auch noch unter Dampf. Was ein gutes Zeichen war. Irgendwann würde der Zug weiter fahren.

Es war inzwischen dunkel geworden. Der Zug war vollgepfropft mit Menschen, sie drängten sich in den Abteilen, alte Leute, Kranke, kleine Kinder. Der Zug stand und keiner wusste, warum er stand. Während wir hilflos im stickigen Abteil hockten, inbrünstig hofften, dass sich endlich etwas bewegte, geschah etwas Grausames.

Eine Staffel britischer Bomber flog im Tiefflug über uns hinweg, Minuten später fielen Bomben auf die Stadt. Wenn eine Staffel ihre Ladung abgeworfen hatte, kam die nächste. So ging es über Stunden, ich glaube die ganze Nacht. Die Stadt brannte, es war hell wie am Tag. Wir kauerten voller Angst in unseren Ecken, waren voller Hass auf die Mörder. Wir sagten uns, wenn es den britischen Piloten nichts ausmachte, Menschen bei lebendigem Leib zu verbrennen, was sollte sie dann daran hindern, eine Bombe auf einen wartenden Zug zu werfen, in dem sie Hunderte von Menschen wahrgenommen hatten. Todesangst kann man nicht beschreiben. Sie zerstört alles im Menschen. Nie im Leben vergisst man die Stunden, in denen man der Todesangst ausgesetzt war.

Unser Zug blieb unbeschädigt, die Menschen, die darin hockten, hatten seelischen Schaden genommen. Ich habe darüber nachgedacht, ob man die Stunden des Grauens vergessen oder immer daran denken sollte, damit so etwas nicht noch einmal geschieht.

Nach dem Grauen von Dresden machte sich bei uns eine sonderbare Stimmung breit. Es war uns plötzlich gleichgültig, was mit uns geschah. Dresden war so übermächtig, dass alles andere in den Hintergrund trat. Wir waren mit dem Leben davongekommen, alles andere verblasste. Der Trip nach Oelsnitz war nicht mehr drängend. Wir hatten ein schwerwiegendes Erlebnis zu verarbeiten. Vielleicht rennen wir einem Phantom hinterher, jagen nach Oelsnitz, derweil ist Mutter in Bayern, also lassen wir es.

Es war die falsche Entscheidung, eine Ironie des Schicksals, in Oelsnitz hätten wir unsere Mutter endlich getroffen. Das erfuhren wir sehr viel später. Tante Franja war mit ihren Kindern nach Westfalen weitergezogen. Mutter blieb allein zurück. Sie hatte der Versuchung widerstanden mitzugehen. Sie fürchtete, je weiter sie sich westwärts entfernt, desto geringer wird die Chance, die Kinder zu finden. (Mit ihrer Entscheidung, nicht nach Westfalen zu gehen, sondern im Raum Oelsnitz zu bleiben, hatte sie unbewusst eine wichtige Entscheidung für die ganze Familie getroffen. Im Jahr 1949 wären wir automatisch Bürger der Bundesrepublik Deutschland geworden. An eine solche Konsequenz hatte damals natürlich niemand gedacht. Für uns war es die richtige Entscheidung, im Osten geblieben zu sein.)

Wir kamen in eine Stadt, deren Namen ich nicht mehr weiß. Sie liegt an der Elbe, ist ein wenig hügelig. In dieser Stadt gab es ein Flüchtlingslager. Dort herrschte eine preußische, aber notwendige Ordnung. Am Eingang, es war eine Turnhalle, saß eine Schwester vom Roten Kreuz, notierte die Namen der Flüchtlinge und den Tag, an dem sie ankamen. Sie waren damit registriert, bekamen ein Bett und eine Essenmarke. Länger als drei Tage durften sie in diesem Etablissement nicht bleiben, dann wurden sie weitergeschickt oder einem Flüchtlingszug zugeteilt.

Es war am zweiten Tag unseres Aufenthalts in diesem Lager, als Johanna sich zu mir setzte, mich am Ärmel zupfte, mich forsch ansah und sagte: Ich habe heut Geburtstag. Ich war sehr erschrocken, fragte: Das kann nicht sein. Keiner weiß, welchen Tag wir haben. Keiner zählt die Tage, keiner hat einen Kalender. Der Tag vergeht wie leichter Nebel im Wind, als hätte es ihn nie gegeben.

Johanna lächelte, sagte triumphierend: Die Schwester da vorn am Tisch hat es auf ihrer Liste stehen, heute ist der 17. Februar, ich bin 9 Jahre alt geworden.

Was sollte ich machen, wie konnte ich dem Kind eine Freude machen, was konnte ich tun, damit das Mädchen die Traurigkeit dieses Tages vergisst?

Ein Geburtstag war ein besonderer Tag. Er wurde in unserer Familie festlich begangen. Für die Kinder gab es fröhliche Feiern. Dort im Lager fiel mir nichts ein. Ich besaß nichts, was ich ihr hätte schenken können, nicht einmal einen Bonbon oder einen Keks. Ich nahm Johanna in die Arme, drückte sie, versprach, dass wir künftig alle ihre Geburtstage ganz groß feiern und dass es künftig nur noch schöne Geburtstage geben würde. Diesen Tag sollte sie vergessen, er ist die Ausnahme und wiederholte sich nicht.

Im Sudetenland

Unsere nächste Station war Theussau, ein Dorf im Sudetenland. Welcher Teufel mag uns dorthin gelockt haben. Wir hatten keine innere Beziehung zu dieser Gegend. Sie war uns fremd. Und trotzdem ließen wir uns dort nieder, mussten uns dort niederlassen. Zunächst lief alles normal. Theussau war, wie gesagt, ein Dorf, ein paar Kilometer von Falkenau entfernt. Der Bürgermeister von Theussau quartierte uns bei einer Familie ein, die ein kleines Häuschen besaß und sich vorwiegend von der Landwirtschaft ernährte. Man wies uns zwei Zimmer an, kleine Räume mit schrägen Wänden, spärlich möbliert. Aber immerhin, wir hatten ein Dach über dem Kopf, hatten einen Ofen, einen Tisch und jeder hatte einen Stuhl. Wir schliefen auf Strohsäcken, in denen nachts die Mäuse raschelten. Wir waren trotzdem zufrieden. Der Wirt war ein Mann, dem es nicht vergönnt war, über den Tellerrand sehen zu können. Er begegnete uns mit Misstrauen. Wir waren ihm suspekt, weil wir ohne einen Erwachsenen unterwegs waren.

Der Bürgermeister erklärte, die Gemeinde könne uns nicht ernähren, dazu fehlte ihr das Geld. Ich müsste das Geld selbst verdienen. Das tat ich dann auch. Ich bekam Arbeit in einer Wäscherei, lief jeden Tag morgens zeitig ein paar Kilometer nach Falkenau. Die Arbeit war schwer, ich hielt die heißen Dämpfe, die aus den großen Kesseln stiegen, nur mit Mühe aus, konnte auch die wuchtigen Wäschekörbe nicht tragen.

Während ich tagsüber in der Wäscherei arbeitete, waren Elisabeth und Johanna in den umliegenden Gehöften unterwegs und bettelten. Wenn ich am Abend nach Hause kam, präsentierten sie stolz ihre Beute.

In der Nähe des Hauses, in dem wir wohnten, war eine Bahnlinie. Auf einem Abstellgleis stand ein Lazarettzug. Gelegentlich kamen englische Jagdflieger und beschossen den Lazarettzug. Sie flogen über unser Häuschen. Wenn sie abdrehten und zurückflogen, feuerten sie in die Häuser. Eine Episode ist mir gut in Erinnerung.

Es war ein Tag vor Ostern, ich hatte den Kindern versprochen, etwas Besonderes zu machen. Ich hatte den Ehrgeiz, einen Kuchen zu backen. Ein ehrgeiziges Unternehmen. In einer alten Kaffeemühle schrotete ich die Getreidekörner, die die Mädchen von ihrer Betteltour mitgebracht hatten.

Als ich den Kuchen aus dem Ofen holte, roch er tatsächlich wie ein richtiger Kuchen. Die Mädchen bestaunten das Wunderwerk, standen um ihn herum, machten begehrliche Gesichter. Ich sagte, nein, der Kuchen wird nicht angeschnitten, Ostern ist erst morgen, dann essen wir ihn auf.

In diesem Moment flog ein britischer Jagdflieger an und feuerte auf das Haus. Wir wussten, wo wir uns verstecken mussten, um nicht getroffen zu werden. Das war der Platz unter dem Fenster. Die dicke Mauer schützte vor dem Maschinengewehrfeuer. Während wir da kauerten, darauf warteten, dass die Flieger wieder abdrehten, sagte Elisabeth: Wenn die uns totschießen, können wir morgen den Kuchen nicht mehr essen. Ein schlagendes Argument, es überzeugte mich. Ich holte den Kuchen und während wir unterm Fenster hockten, die Flieger auf uns feuerten, verspeisten wir unsere Osterfreude.

Mitunter passierte es, dass Jagdflieger ankamen, wenn

wir, auf der Suche nach Essbarem, auf den Feldern unterwegs waren. Den Piloten schien es Spaß zu machen, auf uns Kinder zu schießen. Wir warfen uns in eine Mulde am Feldrain oder legten uns einfach aufs Feld.

Es war Frühling geworden. Ein besonders sanfter Frühling, so schön und so heiter, als wollte uns die Natur für alle Not entschädigen. Wir hatten keine Ahnung, was draußen in der Welt vor sich ging. Wir besaßen weder eine Zeitung noch hatten wir die Möglichkeit, Radio zu hören. So erfuhren wir durch Zufall, dass der Krieg zu Ende war.

Deutschland hatte endlich kapituliert. Das war unser Zeichen zum Aufbruch. Wir würden nach Hause fahren und Mutter wiederhaben.

Die britischen Jagdflieger stellten ihre Angriffe ein. Alle Soldaten aus dem Lazarettzug wurden gefangen genommen. Amerikanische Soldaten besetzten das Land.

Zum ersten Mal in unserem Leben sahen wir schwarze Menschen. Sie waren nett zu den Kindern, lachten, entblößten ihre weißen Zähne, dass die Kinder Angst bekamen.

In der Wäscherei meldete sich ein neuer Besitzer, ein Tscheche, er entließ alle Deutschen. Wir waren plötzlich unerwünschte Personen. Fremde im eigenen Land. Wir mussten gelbe Armbinden tragen, eine Art abgewandelter Judenstern, ab 20 Uhr galt Ausgangssperre für Deutsche.

Die Kinder wurden vom Besuch der Schule ausgeschlossen. Die Zuteilung von Lebensmitteln wurde auf ein Minimum reduziert, wir bekamen kein Fleisch, kein Fett und keinen Zucker. Wenn jemand krank wurde, wurde er von keinem Arzt behandelt. Die Aussiedlung der Deutschen aus dem Sudetenland begann.

Es waren Festlegungen der Benes-Regierung. Benes war Chef der Exilregierung, die in England den Krieg überdauert hatte. Er war gerade von dort zurückgekehrt. Nachdem ich begriffen hatte, welche ungeheuren Gräueltaten im Namen des deutschen Volkes verübt worden waren, dass die Deutschen andere Länder überfallen haben, verstand ich die hasserfüllte, auf Rache gerichtete Politik der tschechischen Regierung. Es gibt auch heute noch Deutsche, die wollen es nicht wahrhaben, dass es einen Zusammenhang zwischen den Repressalien der tschechischen Regierung und den Verbrechen der Deutschen gibt. Schon damals fiel es mir nicht schwer, die Kausalität der Ereignisse zu erkennen. Deshalb litt ich auch nicht so sehr unter den Demütigungen. Warum hat das deutsche Volk Hitler nicht verhindert? Wir hatten nun dafür zu büßen. Doch trotz allem musste das Leben weitergehen.

Notgedrungen suchte ich mir eine neue Arbeit. Ich wurde Verkäuferin und Putzfrau in einer Drogerie. Ich bediente meine Landsleute, Pavel, ein junger Mann, bediente seine Landsleute. Der eigentliche Besitzer der Drogerie war nach Deutschland ausgewiesen worden. Der neue Besitzer war gerade aus dem englischen Exil zurückgekehrt. Er hatte als Pilot der britischen Luftwaffe gegen die Deutschen gekämpft. Dieser Mann war keine sympathische Erscheinung, er war nicht nur misstrauisch, sondern auch geizig. Geiz und Misstrauen sind Geschwister. Fast täglich kamen Pakete aus England. Uns, also Pavel und mir, gab er nichts davon ab, obwohl er die Lebensmittel, es waren hauptsächlich Konserven, nicht allein

verbrauchen konnte. Er hortete sie in seinem Kleider-
schrank. Dieser Schrank war einbruchssicher verschlossen, was Pavel bedauerte. Er hätte sich gern daraus be-
dient.

Er hatte eine Idee. Der Geizhals ging fast täglich in die
Stadt, seine Freundin zu besuchen. Wenn er weg war,
gingen Pavel und ich in sein Schlafzimmer. Pavel
schraubte die Rückwand des Kleiderschranks ab und
bediente sich, ihn interessierten hauptsächlich Zigaretten
und Whisky. Mir war an Lebensmitteln gelegen. Ich hatte
die Kinder zur nämlichen Stunde bestellt, sie warteten
auf dem Hof unterm Fenster. Ich reichte ihnen die ge-
stohlenen Sachen heraus, mit denen sie eiligst verschwanden. Das funktionierte eine Weile, irgendwann
stellte der Drogist fest, dass sich seine Vorräte auf rätsel-
hafte Weise verringerten. Er ahnte, wer dahinter stecken
mochte. Er konnte uns zwar nichts beweisen. Trotzdem
schmiss er mich raus.

Ich fand eine neue Arbeit in einer Fleischerei. Bedienen
durfte ich dort nicht, ich durfte nur putzen. Ich war ungefähr zehn Tage in der Fleischerei, als etwas Ungeheuer-
liches passierte. An einem späten Nachmittag, nach La-
denschluss, ich war dabei, die Fliesen im Laden zu scheu-
ern, als der Besitzer herein kam. Er näherte sich mir auf
eindeutige Weise, fing an, mich zu betatschen. Ich musste
mich wehren, tat es zunächst unbeholfen und nicht energisch genug, dann aber, als er frecher wurde, griff ich
eines der großen Fleischermesser, ich war fest entschlossen, ihm das Messer in die Brust zu rammen, hätte er
nicht von mir gelassen. Meine Arbeit war ich allerdings
wieder los.

Die nächste Arbeit bekam ich auf einem großen Bauern-hof. Ich arbeitete auf dem Feld und im Stall, lernte Kühe melken, das sieht so einfach aus, ist in Wirklichkeit eine schwere Arbeit, bei der man auch sehr geschickt sein muss.

Dem Bauern gefiel nicht, dass ich wegen der Sperrstunde früh nach Hause gehen musste. Er bot mir an, in die Wohnung der Familie zu ziehen, denen vorher der Bau-ernhof gehört hatte und die inzwischen nach Deutsch-land ausgewiesen worden war. Ich nahm das Angebot an, wir zogen um.

Es war eine geräumige Wohnung mit richtigen Betten und einer kompletten Küche. Es war schon sehr ange-nehm, in einer gut möblierten Wohnung zu leben, trotz-dem sollte ich es bald bereuen. Für den Bauern war ich nun verfügbar, ich musste oft bis spät am Abend arbei-ten.

Eines Tages entdeckte ich im Heu ein Nest voller Eier. Der Bauer hatte es auf seinen Kontrollgängen nicht ge-funden. Ich war sofort bereit, die Chance zu nutzen. Wie sollten wir es anfangen? Wir hatten zwar Erfahrung im Klauen, dieser Fall aber war besonders kompliziert. Am Tage waren zu viele Leute auf dem Hof unterwegs. Am Abend war der Hund los, strich übelnehmerisch durch die Gegend. Er hätte den Bauern sofort alarmiert. Wäh-rend ich mit Johanna beriet, wie die Eier aus dem Nest zu holen waren, ob die Gefahr nicht größer war als der Nutzen, erschien Elisabeth in der Tür, in der Schürze nicht Rosen, wie weiland die Heilige Elisabeth von Thü-ringen, sondern Eier. Sie hatte sie einfach aus dem Nest geholt.

Kinder suchen ihre Eltern, so hieß ein Suchdienst vom

Roten Kreuz. Ich schrieb einen Suchantrag. Nach Monaten kam die Antwort. Wir wussten nun, wo sich unserer Mutter aufhielt. Und auch Mutter erfuhr, wo wir uns befanden.

Eines Tages war es so weit, unser sehnlichster Wunsch ging in Erfüllung, wir hatten unsere Mutter wieder. Sie stand einfach in der Tür, wir schrien vor Freude, heulten. Mutter umarmte uns immer wieder. Tränen liefen ihr übers Gesicht. Sie hatte eine beschwerliche Reise hinter sich, war über manche Irrfahrt endlich bei uns angekommen. Es war ein Wunder, dass sie uns überhaupt gefunden hatte.

Unser Leben wurde leichter, optimistischer, ich konnte nun alles mit Mutter besprechen. Die Sicht einer Mutter auf existentielle Schwierigkeiten des Lebens unterscheidet sich wesentlich von der einer Zehnjährigen. Bis dahin hatte ich alle unsere Probleme mit Elisabeth besprechen müssen. Sie war damals schon ein couragiertes Mädchen, umsichtig für ihr Alter und trotzdem nicht der adäquate Partner.

Damals habe ich wenig über meine Mutter nachgedacht, habe ihren Leidensweg nicht nachvollziehen können, ich war mit unserem Überleben beschäftigt. Später, als wir wieder festen Boden unter den Füßen hatten, kamen neue Probleme auf uns zu. Erst jetzt, nach ihrem Tod, denke ich oft an sie, versuche, mich in ihrer Gefühlswelt zurechtzufinden, versuche zu begreifen, wie sie die Schicksalsschläge verkraften konnte. Sie kam aus einer bürgerlichen Familie, hatte geheiratet, fünf Kinder bekommen, hatte ein solides Auskommen, war geborgen und glücklich. Von einem Tag zum anderen änderte sich ihr Leben, sie fiel in einen Abgrund, verlor alles, was sie hatte.

Der Tod ihrer beiden Söhne muss sie um den Verstand gebracht haben, Bernhard und Karl, diese liebenswerten, intelligenten Jungen, der eine war achtzehn, der andere zwanzig Jahre alt, waren kurz hintereinander gefallen. Von uns, ihren drei Töchtern, wusste sie nicht, ob wir überhaupt noch am Leben waren. Sie schwankte zwischen Hoffen und Bangen. Ihr Mann war irgendwo im Krieg, in Russland, ob er noch lebte, verwundet war oder gefangen genommen, wusste sie nicht. Zu dem Leid kam der Verlust der Wohnung. Sie hatte ihre geschützte Welt verloren, ihr Hab und Gut und alles, was sie sich in ihrem Leben angeschafft hatte. Sie besaß nicht einmal mehr die Fotos ihrer Eltern. Unsere Mutter war 51 Jahre alt, als dies geschah. Das ist ein Alter, in dem man ein Recht auf Geborgenheit hat.

Wie verkraftet ein Mensch solche Schläge. Was bewahrt ihn davor, aus dem Gleis zu geraten, wahnsinnig zu werden, sich das Leben zu nehmen. Ich denke, Mutter schöpfte die Kraft, auch die Hoffnung, aus ihrem Glauben. Sie war eine gläubige Christin. Sie vertraute der Verheißung: Was Gott tut, ist wohlgetan.

Ich habe versäumt, mit ihr darüber zu reden, wie ich überhaupt versäumt habe, ihre Odyssee zu begreifen. Ich ging zu leicht über die tiefen Spuren hinweg, die diese Zeit bei ihr hinterlassen hat. Ich bereue das aus tiefster Seele. Sie war ein wunderbarer Mensch, die beste Mutter der Welt. Sie starb mit 84 Jahren, wir, ihre Töchter, waren in ihrer letzten Stunde bei ihr.

Eine mögliche Version

Ich stelle mir Folgendes vor. Der Besitzer jener Drogerie im Sudetenland, in der ich gearbeitet hatte, ist nach Deutschland gezogen, besser gesagt, er hat nach Deutschland ziehen müssen. Als vorsorglicher Mann ließ er sich in einer Gegend nieder, in der die Amerikaner als Besatzungsmacht regierten. Sagen wir, er ging nach München. Dort meldete er seinen Verlust im zuständigen Amt an. Der Verlust wurde ihm mit einer ansehnlichen Summe vergolten. Damit kaufte er eine Drogerie. Nun hatte er wieder ein Geschäft, aber die Wut, vertrieben worden zu sein, blieb. Er lehnte es kategorisch ab, die Vertreibung als eine Folge von Hitlers Schandtaten zu sehen. Er hängte das Foto der Drogerie, die er einmal besessen hatte, in seinem Geschäft auf. Damit er sich jeden Tag daran erinnern konnte, den Kunden zeigen konnte, was man ihm genommen hat. Natürlich wünschte er, heimzukehren, natürlich nur, wenn er sein Eigentum zurückbekam. Das fand nicht statt. Er wurde unzufrieden, rief nach Gerechtigkeit, wollte Genugtuung.

Die Regierung dachte nicht daran, die Vertreibung rückgängig zu machen, im Gegenteil, man zementierte den völkerrechtlichen Status quo. Die Länder Deutschland, Polen und die Tschechoslowakei schlossen, auf der Grundlage des Potsdamer Abkommens, Verträge, die die Grenzen für immer festschrieben.

Inzwischen sind sechzig Jahre vergangen. Der Drogist aus dem fernen Falkenau verabschiedete sich von dieser Welt. Seine Kinder übernehmen die Drogerie. Sie kennen Falkenau nicht, wollen auch nicht dahin zurück, doch sie wittern die Möglichkeit, Geld aus der Vertreibung zu schlagen, werden Mitglied einer Vereinigung. Sie nennt sich Bund der Vertriebenen.

Präsidentin dieser Vereinigung ist Frau Erika Steinbach. Sie will Gerechtigkeit herstellen. Eine selbstlose Frau, sie ist selbst keine Vertriebene, scheut keine Mühe, tut alles für sie. Sie hat Beziehungen, ganz oben sitzt eine allmächtige Freundin. Außerdem ist Frau Steinbach Mitglied des Bundestages und Mitglied im Bundesvorstand der CDU. Im Bundestag hat sie vorsorglich gegen die Anerkennung der Oder-Neiße-Grenze gestimmt. Sie begründete es mit ihrem Wahlspruch: Man kann nicht für einen Vertrag stimmen, der einen Teil unserer Heimat abtrennt.

Es schmerzt, wenn man miterleben muss, wie neues Konfliktpotential erzeugt wird, wie die Völker gegeneinander ausgespielt werden. Kann eine einzige Frau die Koordinaten der Weltpolitik verändern?

Wieder in Deutschland

Unsere Mutter war wieder da, wir wollten zurück in unsere Heimat. Das durften wir nicht. Das sahen wir nicht ein, warum verwehrte man uns die Heimkehr? Der Krieg war zu Ende, das Leben begann sich zu normalisieren. Aber man hielt uns fest, verbot uns zu gehen. Es dauerte noch unendliche zwei Jahre, bis wir endlich ausreisen konnten. Im August 1947 kamen wir in ein Lager, von dort wurden wir verladen und nach Deutschland transportiert.

Zwei Jahre und acht Monate lebten wir in einem fremden Land, das uns feindlich gesonnen war. Die beiden Mädchen hatten drei Jahre keine Schule mehr gesehen. Es gab für uns keine deutschen Bücher, keine Zeitungen, wir besaßen kein Radio, durften kein Konzert besuchen, sahen kein Theater, kein Kino, ich durfte nicht einmal tanzen gehen. Ich wäre so gern mal irgendwohin gegangen, mochte die böhmische Blasmusik, hätte gern mal nach ihr getanzt. Wir waren von jeder Möglichkeit zu lernen, uns zu bilden, ausgeschlossen.

Auf diese Weise entstehen seelische Defizite, die zu psychischen Schäden führen können.

In dem Zug, der uns nach Deutschland brachte, waren ein paar hundert Menschen. Wir kamen in ein Lager, danach wurden wir auf die verschiedenen Gebiete aufgeteilt. Es gab Glückliche, die von ihren Verwandten aufgenommen wurden. Wir hatten niemanden, zu dem wir gehen konnten. Wir gingen einen bitteren Weg, mussten uns in Petersroda, einem kleinen Ort nahe Bitterfeld melden. Man quartierte uns in eine stillgelegte Ziegelei ein, in einen Raum, in dem man Ziegel getrocknet hatte. Es war die schlimmste Behausung, die ich in meinem Leben erlebt habe. Im Winter froren sogar die Scheiben von innen zu.

Elisabeth und Johanna besuchten die Dorfschule. Flüchtlingskinder, sagte der Lehrer, müssen in die letzte Bank.

Eine besonders schlimme Episode ist mir noch in Erinnerung. Im Geographie-Unterricht wurde Elisabeth nach vorn an die Tafel gerufen, sie sollte einen Gebirgszug auf der Landkarte zeigen. Von ihrem Platz aus hatte sie ihn sehen können, als sie dann vor der Tafel stand, verlor sie ihn aus den Augen. Der Lehrer bestrafte sie, drosch auf sie ein, sie musste sich über eine Bank legen, er schlug mit seinem Rohrstock auf sie ein. Ihr Rücken wies blutunterlaufene tiefe Striemen auf. Sie kam weinend und völlig verwirrt nach Hause.

Ich war so aufgebracht, rannte sofort in die Schule zum Schulleiter, verlangte, der Lehrer müsse zur Rechenschaft gezogen werden.

Es stellte sich heraus, der Prügellehrer war ein alter Nazi, der durch eine List bei der Überprüfung unbehelligt geblieben war. Er wurde sofort entlassen.

Ich suchte mir eine Arbeit, bekam eine Anstellung in der Filmfabrik Wolfen, wurde an eine Maschine gesetzt, rollte Filme auf, was in totaler Finsternis zu geschehen hatte. Eine unangenehme Arbeit, sie machte mir zu schaffen. Ich hatte keine Freude daran.

Wir hatten keine Ahnung, was aus unserem Vater geworden war. Vom Suchdienst war keine Antwort gekommen.

Eines Tages sagte ich zur Mutter, Vater habe einmal zu mir gesagt, wenn er die Stadt wählen könnte, in der er leben möchte, würde er nach Saalfeld gehen. Vielleicht ist er dort, kann doch sein. Mutter lachte mich aus, was für eine absurde Geschichte. Sie glaube, die Geschichte habe ich mir nur ausgedacht, sie zu trösten. Es käme einem Wunder gleich, wenn das stimmte. Sie erlaubte mir, dem Bürgermeister zu schreiben.

Dann geschah das Wunder. Der Bürgermeister antwortete, Vater lebe in der Stadt, arbeite in seinem Beruf als Lehrer. Oh mein Gott, war das eine Freude. Ich nahm mir frei, fuhr nach Saalfeld, suchte die Straße und fand sie. Ich suchte das Haus und fand es. Ich stieg zwei Treppen hoch, in jeder Etage sah ich auf das Klingelschild. Dann sah ich Vaters Handschrift auf einem Stück Pappe, es steckte über einem fremden Namen. Ich klingelte. Eine Frau öffnete.

Die Frau sagte, der Herr Lehrer sei noch in der Schule, ich solle später wiederkommen. Kann ich auf ihn warten, fragte ich, ich bin seine Tochter. Sie begriff erst nicht, dann wurde sie blass, aber sie beherrschte sich. Sie ließ mich ein. Ich saß eine ganze Weile ganz still in dem kleinen Zimmer, nie habe ich mich mehr nach ihm gesehnt als in dieser Stunde.

Dann kam Vater. Seine Freude war unbeschreiblich. Er war glücklich, uns wiederzuhaben. Irgendwann sagte er in seiner heiteren respektlosen Art: Jetzt gehen wir in die Kirche, ich bin dem lieben Gott hundert Mark schuldig, ich hab ihm das Geld versprochen, wenn ich die Familie wiederfinde.

Ich dachte, die arme Wirtin. Für sie muss es ein Schock gewesen sein, dass sich die Familie ihres Untermieters gemeldet hatte. So lange nach dem Krieg gab es kein Lebenszeichen von ihr. Sie musste annehmen, so traurig es auch sein mochte, dass sie alle tot wären. Die Frau war allein, ihr Mann war im Krieg geblieben. Als sie zwangsweise einen Untermieter aufnehmen musste, mag ihr der Gedanke gekommen sein, er könnte ihr neuer Partner werden.

Das Schulamt bot Vater folgende Lösung an. Er könnte eine Lehrerstelle in Reichmannsdorf bekommen. In der Schule ist eine Wohnung frei, da ist Platz für die ganze

Familie. Und so kam es, wir durften das ungastliche Petersroda verlassen, ich kündigte in der Filmfabrik und wir zogen in den Thüringer Wald.

Reichmannsdorf liegt ziemlich weit oben auf einem der Berge. Der Ort ist 15 Kilometer von Saalfeld entfernt. Eine Bahnstation hat der Ort nicht.

Mein Vater, ein Lebenskünstler, fand schnell Gefallen an seiner neuen Umgebung. Er liebte Thüringen, liebte das hundertfache Grün der Wälder, die Berge und ihre Täler. Oft zog er mit seinem Skizzenbuch los, zeichnete Wald und Flur, Bäume und Sträucher und die zauberhafte Schönheit des Thüringer Waldes.

Elisabeth und Johanna gingen in seine Klasse, waren seine Schülerinnen. Sie holten schnell auf, was sie versäumt hatten.

Meine Mutter, die nur flaches Land kannte, brauchte eine Weile, sich an die fremde Landschaft zu gewöhnen. Die Berge erdrückten sie.

Eine Zeitung veröffentlichte einen Aufruf, in dem es hieß, es mögen sich Leute melden, die 100 Worte Russisch können. Vater hatte in Russland, während des Krieges, Russisch gelernt. Er liebte die russische Sprache, ihre Literatur, er liebte vor allem Puschkin und Lermontov. Er las uns Gedichte in ihrer Sprache vor, sagte dann: Kinder, klingt das nicht wie Musik.

Vater konnte nicht anders, er meldete sich im Schulamt, bekam das Angebot, sich zum Russischlehrer ausbilden zu lassen. Obwohl er damals schon über 50 war, nahm er das Angebot an.

Mutter war nicht sonderlich begeistert. Doch sie wusste

nur zu gut, dass sie dem Wissensdrang ihres Mannes nachgeben musste.

Der Lehrgang fand in Weimar statt. Vater nahm die beschwerliche Tour auf sich, regelmäßig nach Weimar zu fahren. An den Wochenenden war er wieder bei uns. Mit Glanz bestand er die erste und die zweite Lehrerprüfung. Fortan unterrichtete er auch Russisch.

Johanna und Elisabeth waren die größten Profiteure. Sie waren perfekt in Russisch, das sollte ihnen später von großem Nutzen sein.
Als Vater, schon im hohen Alter, im Krankenhaus lag, kam eine junge Ärztin zu ihm ans Bett, sagte: Wenn ich nicht bei Ihnen Russisch gehabt hätte, hätte ich nicht die Chance gehabt, in Leningrad zu studieren.

Sommerstein

Ich war inzwischen 19 geworden, hatte nichts, wusste nichts, konnte nichts, meine Bildung rangierte auf einem unteren Niveau. Ich saß weit weg vom eigentlichen Leben in der landschaftlichen Idylle des Thüringer Waldes, half der Mutter im Haushalt, hatte sonst nichts zu tun. So konnte es nicht weitergehen. Irgendetwas musste geschehen. Was sollte aus mir werden. Die Eltern hatten sich nicht um mich kümmern können, jetzt waren sie ratlos.
Was möchtest du denn einmal werden, fragte Vater. Ich wusste es nicht, aber ich begriff meine kümmerliche Lage.

Sie hat sich so tapfer um die Kleinen gekümmert, sagte die Mutter, vielleicht liegt ihr ein Pflegeberuf. Krankenschwester also, das war nicht so übel, warum nicht Krankenschwester, der Gedanke gefiel mir.

Am Ausgang von Saalfeld stand an einem leichten Hang, inmitten eines kleinen Parks, eine große alte Villa mit dem schönen Namen Sommerstein. Die Stadtverwaltung hatte sie als Heilstätte für Lungenkranke eingerichtet. In dieser Heilstätte suchte man eine Hilfskraft. Ich meldete mich. Vater sagte mit bitterer Ironie: Jetzt bist du eine Kartoffelschälschwester.

Man stellte mich ohne Zögern ein. Später begriff ich, warum sie mich genommen hatten, obwohl ich keinen blassen Schimmer von der Krankenpflege hatte. Die Patienten waren Soldaten mit offener TBC. Wer ging schon freiwillig in ein solches Haus. Viele Patienten starben. Es starben so viele, dass Sterben für uns zum Alltagsgeschehen wurde.

Die richtigen Schwestern und ich, die kleine Hilfsschwester, hatten einen ziemlich pietätlosen Plan. Wenn so ein armer Teufel beispielsweise frühmorgens starb, meldeten wir der Küche den Tod erst am Abend.

Patienten mit offener TBC wurden besser verpflegt. Es lohnte sich, wir kassierten mitunter zwei volle Mahlzeiten, teilten sie schwesterlich unter uns auf. An einem Glückstag geschah es, dass ich zwölf Pellkartoffeln zugeteilt bekam. Einen solchen Reichtum konnte ich nicht für mich behalten. Ich lief die 15 Kilometer über Arnsgereut und Hoheneiche, den Berg hinauf nach Reichmannsdorf, nur um der Familie die Kartoffeln zu bringen.

Das klingt heute, nachdem wir es in die ersehnte Überflussgesellschaft geschafft haben, im materiellen Übermut leben, reichlich kindisch. Man sollte die schwere Zeit von damals nicht ganz vergessen.

Eines Tages rief mich die Oberschwester zu sich. Sie war eine strenge Frau. Ich dachte, sie ist hinter unseren Schwindel gekommen, die Strafe folgt nun auf den Fuß.
So war es nicht, es war viel schlimmer. Sie sagte, setz dich, ich habe mit dir zu reden. Nach einer Verfügung des Ministeriums für Gesundheitswesen im Land Thüringen, dürfen Schwestern unter 23 nicht in Lungenheilstätten arbeiten.
Besonders, wenn man dort Patienten mit offener TBC behandeln würde. Folglich müsse sie mich, so leid es ihr täte, entlassen.

Das traf mich wie ein Schlag. Ich sollte Sommerstein verlassen, das war die Vertreibung aus dem Paradies. Ich hatte mich wohl gefühlt, hatte ein hübsches kleines Zimmer unterm Dach, durfte Schwesternkleidung tragen, eine Haube allerdings nicht, die war den Vollschwestern vorbehalten. Die Arbeit hatte mir wirklich Spaß gemacht. Die Oberschwester ließ mir Zeit, den Schock zu verkraften. Dann sagte sie: Willst du wirklich Krankenschwester werden? Denk dran, es ist ein schwerer Beruf, reich kann man dabei nicht werden und Dankbarkeit ist eine vergessene Kategorie.

Ja, sagte ich, ich will, ich traue mir das zu. Gut, sagte die Oberschwester, dann versuchen wir es. Wir delegieren dich auf die Schwesternschule, dort kannst du dein Staatsexamen machen. Mit dem Examen in der Tasche kannst du dann überall hin.

Ich dachte, so dumm kann ich mich nicht angestellt haben, wenn man mich dorthin schickt. Mein Selbstbewusstsein erwachte, das bis dahin noch gar nicht vorhanden war. Die Jahre auf der Flucht, das Leben am unteren sozialen Limit, Demütigungen und Einschüchterungen verhinderten, dass so etwas wie ein Selbstwertgefühl entstehen konnte.

Die Eltern waren über die Veränderung froh.
Als Mutter erfuhr, weshalb ich Sommerstein verlassen musste, packte sie nachträglich das Entsetzen. Ihr wurde plötzlich bewusst, in welcher Gefahr ich mich Tag für Tag befunden hatte. Die Landesregierung, sagte sie, hat auf unsere Tochter besser aufgepasst als wir es taten.

Mit einem kleinen Köfferchen zog ich nach Greiz, dort befand sich die Schwesternschule des Landes Thüringen. Alle kleinen Schwestern wohnten in ehemaligen Büroräumen, die man für diesen Zweck eingerichtet hatte. Wir waren in einem Schlafsaal untergebracht, wurden von zwei Ordensschwestern betreut.

An meinem Geburtstag schenkten die Schwestern mir den Pschyrembel, das ist ein klinisches Wörterbuch, es war die 84. Auflage aus dem Jahr 1944. Dieses Standardwerk gibt es noch heute. Ohne den Pschyrembel hätte ich mein Staatsexamen wahrscheinlich nicht geschafft. In zarter Sütterlinschrift stand auf der Geburtstagskarte: Freund, so du etwas bist, so bleibe doch ja nicht stehen: man muss aus einem Licht fort ins andere gehen. Herzlichen Segenswunsch, Schwester Luise und Schwester Gertrud.

Sechzig Jahre sind seitdem vergangen, ich besitze den Pschyrembel immer noch. Es ist mehr als Sentimentalität, es ist stille Dankbarkeit.

Meine Bettnachbarinnen waren Marlies und Erna, zwei Krankenschwestern aus Weimar. Wir freundeten uns an, sie waren länger im Beruf, halfen mir in schwierigen Situationen. Alle drei bestanden wir das Staatsexamen, bekamen eine Haube und durften uns nun Vollschwester nennen.

Ich wäre gern zurück in die Heilstätte gegangen, aber das durfte ich immer noch nicht. Marlies und Erna überredeten mich, mit ihnen nach Weimar zu gehen. Das Kreiskrankenhaus wäre ein passables Haus, außerdem suche man dort eine examinierte Schwester. Ich ging nach Weimar, bekam ein Zimmer unterm Dach, das ich mit Marlies teilte. Ich war Springer, arbeitete mal in der Inneren, der Chirurgie, im OP als unsterile Hilfe, auch auf der Entbindungsstation und der Isolierstation, wo die Männer lagen, die Syphilis hatten. Wenn ich dort Nachtdienst hatte, las ich aus Langeweile die Krankengeschichten der Patienten, kam hinter die Verzweigungen, wie, wo, bei wem sie sich angesteckt hatten. Männer der Berufsgruppen wie Kellner, Fernfahrer, Frisöre, Taxifahrer. Einer der Männer empfahl die Frau weiter an seinen Kollegen, freilich ohne zu wissen, dass er sich infiziert hatte.
Die Patienten hatten eine schreckliche Tortur zu überstehen. Penicillin gab es damals zwar schon, es war ja in den 20er Jahren von Flemming erfunden worden. Aber auf Station hatten wir es noch nicht. Die Männer bekamen Spritzen, die hohes Fieber erzeugten, das war ihre Therapie. Sie büßten ihre Seitensprünge mit starken

Schmerzen.

Ich war entsetzt, verwirrt und abgestoßen. Meine nächtliche Entdeckung hatte die Wirkung, dass ich mich mit keinem Mann treffen wollte. Alle Versuche eines Studenten, er studierte Cello im Belvedere, sich mit mir zu verabreden, wies ich ebenso ängstlich wie entschieden zurück.

Eines Tages las ich auf einem Plakat, die SED lädt zum Bildungsabend ein. Ich wusste nicht, was die SED für ein Verein ist. Bildung jedoch war für mich ein Zauberwort und voller Verheißung. Ich hatte eine Menge nachzuholen. Also ging ich hin. Es gefiel mir, wie die Referenten über die Welt, das Leben, die Menschen sprachen. In ihren Vorträgen steckte der Wille, eine gerechte Welt zu schaffen. Auch ich hatte von einer gerechten Welt geträumt. Über das Prinzip Gerechtigkeit hatte ich unentwegt nachgedacht. Ich maß das Leben an meinen Idealen. Die Leute von der SED kamen mir mit ihren Theorien sehr entgegen.

Spät erst begriff ich, es gibt keine Gerechtigkeit, es kann keine geben. Man kann nur davon träumen. Gerechtigkeit ist ein nicht einlösbares Versprechen.

Aus Überzeugung trat ich in die Partei ein, habe treu zu ihr gehalten. Zu meiner Sympathie für diese Leute kam das Wissen, dass sie es waren, die den Krieg hatten verhindern wollen. Das rechnete ich ihnen hoch an. In meinen Wachträumen malte ich mir aus, was mir erspart geblieben wäre.

Damals habe ich natürlich nicht wissen können, was aus dieser Partei einmal wird. Dass sie später einmal nicht mehr zu ihren Prinzipen steht, sich ohne Bedenken vom Volk löst, nicht mehr wissen will, was das Volk denkt und dass sie Freiheit für entbehrlich hält.

Thomas Mann und J. W. Goethe

In guter Erinnerungen ist mir die Arbeit auf der Entbindungsstation. Ich lernte eine Frau kennen, sie war mir
sofort sympathisch. Es war die Frau des Intendanten des
Nationaltheaters. Sie brachte einen Jungen zur Welt, ich
glaube, sie nannten ihn Robert. Er studierte später Jura
und wurde Richter. Ich betreute diese Frau besonders
aufmerksam, versuchte ihr die Angst vor der Geburt zu
nehmen, sah oft nach ihr, öfter als notwendig.
Viele Jahre später trafen wir uns zufällig in Berlin wieder.
Nach dem Tod ihres Mannes hatte sie ihren alten Beruf
wieder aufgenommen, war nun Dramaturgin bei der
DEFA. So lange sie in Weimar war, hatte ich es gut, ich
durfte in jede Vorstellung, selbst in die legendäre Faust-
Inszenierung mit Lola Müthel, und ich durfte mir aus
dem Fundus Kostüme für den Karneval holen. Aber
dann kam der Tag, an dem alles anders wurde.

Man schrieb das Jahr 1949, das Goethe-Jahr, man feierte
seinen zweihundertsten Geburtstag. Es ging wie ein
Lauffeuer durch Weimar, Thomas Mann würde kommen
und eine Rede im Nationaltheater halten. Thomas Mann
war für mich ein Idol. Er ist der Schriftsteller, den ich
grenzenlos bewundere. Angefangen hatte es damit, dass
die Frau des Intendanten mir den „Zauberberg" geliehen
hatte. Ich war fasziniert. Was für eine Sprache. Es war
meine Welt.

Es ging um Dinge, die ich kannte, um Lungenkranke, um die Heilstätte, das ganze Drum und Dran, die Blutstürze, die Sterbenden, die Liegekuren, die Psyche der Lungenkranken, ihre Kapriolen, ihre aufleuchtende Kreativität und ihre Depressionen.

Ich las das Buch mit Hingabe. Thomas Mann war ein Phantom, weit weg von meinem Leben. Es gab keine Verbindung zwischen Princeton und Weimar. Und nun hieß es, er kommt, er kommt leibhaftig nach Weimar. Es war kein Traum, es war Wirklichkeit. Sein Besuch wirbelte Weimar durcheinander.

Aus Berlin kam viel Prominenz angefahren. Ich sah Johannes R. Becher, Paul Wandel. Und ich stand Thomas Mann nur wenige Meter entfernt gegenüber, bei der Begrüßung vor dem Nationaltheater. Ein glücklicher Tag für mich.

Später kaufte ich mir die zwölf Bände von Thomas Mann, die der Aufbau-Verlag herausgegeben hatte, leinengebunden für 120 Mark auf kostbarem Papier gedruckt. Ich durfte in Raten zahlen, monatlich zehn Mark. Der Besuch des Dichters war ein großes Erlebnis. Das Ereignis, das mein Leben verändern sollte, trat später ein.

Die Prominenz, die nach Weimar gekommen war, dem hohen Gast zu huldigen, fuhr gegen Abend zurück nach Berlin. Einer der Prominenten verunglückte auf der Strecke zwischen Weimar und Erfurt. Der Autofahrer, der ihn fand, brachte ihn zu uns in die Klinik. Welch eine Fügung. Der diensthabende Arzt versorgte den Verunglückten, spritzte ihm Kochsalz und Traubenzucker, ahnte nicht, dass er Diabetiker war. In seinen Papieren hatte sich kein Hinweis darauf befunden. Der Mann fiel ins Koma. Eine Sitzwache wurde gebraucht.

Man weckte mich, ich übernahm die Sitzwache. Ich passte auf ihn auf. Nach Tagen wurde er wach. Allmählich besserte sich sein Zustand. Inzwischen hatte man festgestellt, wer dieser Mann war, es war der Vorsitzende der Gewerkschaft Gesundheitswesen. Die Klinikleitung war nun besonders um ihn bemüht. Als er darum bat, ich möge ihn auch weiterhin betreuen, kam man seiner Bitte selbstverständlich nach.

Vierzehn Tage lang hatte ich nur einen einzigen Patienten zu versorgen. Das war eine Zeit. Wir unterhielten uns, nahmen die Welt auseinander und setzten sie sorgsam wieder zusammen. Er plauderte gern mit mir und ich mit ihm. Durch ihn lernte ich die Welt aus der Vogelperspektive kennen.

Irgendwann fragte er mich, ob ich für immer Krankenschwester bleiben wolle, es gäbe für junge Menschen so viele Möglichkeiten. Zum Beispiel, sagte er, könnte ich Journalistin werden. Die Gewerkschaft Gesundheitswesen gebe eine Zeitung heraus, sie erscheine wöchentlich, in der Redaktion brauche man Leute, die vom Gesundheitswesen etwas verstünden, sozusagen Fachleute wären. Ich wehrte entsetzt ab, ich könne nicht schreiben, sagte ich, verstünde nichts von Journalistik, ich wäre eine absolute Fehlbesetzung, er würde mich bedauerlicherweise überschätzen.

Natürlich müsste ich erst einen Redakteurslehrgang besuchen, sagte er, wenn ich den mit Erfolg absolvierte, er ginge über ein Jahr, könnte ich als Volontär anfangen.

Nun sah das Ganze schon etwas anders aus. Es war ein großes Abenteuer und ich erlag der Verlockung. Er versprach, alles in die Wege zu leiten und sich zu melden.

Ein Monat nach dem anderen verging, er meldete sich nicht. Zuerst wartete ich mit einer gewissen Ungeduld, dann wurde aus der Ungeduld Ärger. Warum war ich auf eine solche Versprechung reingefallen? Schließlich überwog die Genugtuung, einer wahrscheinlichen Katastrophe entgangen zu sein.

Inzwischen arbeitete ich auf der Kinderstation. Dort war ein junger Arzt, er hieß Roland, er machte mir den Hof. Bald fanden wir heraus, dass wir gut zusammen passten. Wir besuchten Konzerte, gingen tanzen, machten Ausflüge, es war eine heitere, unbeschwerte Zeit. Eines Tages fragte er mich, ob ich seine Frau werden wollte. Na ja, warum nicht, dachte ich.

Es ist zwar altmodisch, sagte er, aber eigentlich gehörte es sich, dass wir uns zunächst verlobten.

Zu diesem Zeitpunkt steuerten meine Eltern auf ihre Silberhochzeit zu. Wenn verloben, sagte ich, dann auf der Silberhochzeit meiner Eltern. Das wäre dann ein historisches Ereignis. Und so kam es. Wir fuhren gemeinsam nach Reichmannsdorf. Meine Eltern waren mit meiner Wahl zufrieden, fanden, er wäre ein solider junger Mann.

Die kleine Johanna betrachtete ihn skeptisch, das soll ein Arzt sein, sagte sie, der hat ja nicht einmal einen weißen Kittel an.

Es war kein rauschendes Fest, eher ein heiterbesinnliches Beisammensein. Jetzt wollte mich Roland auch seinen Eltern vorstellen. Wir nahmen eine Woche

Urlaub und fuhren hin. Die Eltern wohnten in Bad Grömitz, einem netten Ort direkt an der Ostsee. Ich war das erste Mal im Westen, entdeckte eine andersgeartete Welt.

Meine Freundinnen Marlies und Erna hatten vor Monaten schon Weimar verlassen, waren in den Westen gegangen. Damals konnte ich das nicht begreifen, jetzt verstand ich sie. Es gab so viele schöne Dinge hier, auch ein bisschen Luxus, den der Mensch manchmal braucht. Davon konnte man in Weimar nur träumen.

Rolands Vater war niedergelassener Arzt, seine Mutter Krankenschwester, sie arbeitete seit ihrer Heirat als Sprechstundenhilfe in seiner Praxis. Ich erfuhr so ganz nebenbei, dass Roland irgendwann nach Grömitz gehen wollte, um die Praxis seines Vaters zu übernehmen. Als eine, die langsam denkt, brauchte ich eine Weile, bis ich begriff, Bad Grömitz, die bunte Stadt am Meer, sollte auch meine Heimat werden. Das war eigentlich nicht meine Lebensplanung. Warum hat Roland nie mit mir darüber gesprochen? Er hat Pläne für uns gemacht, ohne mich zu fragen, er ließ mich im Glauben, wir blieben für immer in Weimar. Wenn die Ehefrau für den Mann arbeitet, ist es praktisch und spart Kosten. Das versteht jeder und ist auch sonst in Ordnung, nur müssen es beide wollen.

Unser Urlaub war zu Ende, wir fuhren zurück. Zu Hause erwartete mich eine Überraschung. In meinem Zimmer lag ein Brief, es war die Einladung zur Teilnahme an einem Redakteurslehrgang in Berlin. Ich hatte dem Mann von der Gewerkschaft Unrecht getan, er hatte mich nicht vergessen.

Zum ersten Mal in meinem Leben stand ich an einem Scheideweg. Sollte ich mich für ein sorgenfreies Leben in einer schönen, reichen Welt entscheiden, an der Seite eines Mannes, den ich mochte, der zu mir passte, der mir ein angenehmes Leben bieten konnte. Oder sollte ich einen Weg gehen, von dem ich nicht wusste, wo er endet, ob ich den Anforderungen geistig gewachsen war. Und dann Berlin! Die Stadt machte mir Angst, ich wäre dort allein, ohne meine Freunde und so weit weg von Reichmannsdorf.

Ich schlug Roland einen Kompromiss vor, der sah folgendermaßen aus: ich gehe nach Berlin, besuche den Lehrgang, wenn ich nicht durchfalle, heuer ich bei einer Zeitung an. Er käme nach, finge in einem Krankenhaus in Berlin an, verzichtet auf Grömitz.

Er lief rot an, sagte entschieden nein. Er wolle sich darauf nicht einlassen. Ich sagte: Liebst du mich überhaupt? Er widersprach, es läge an mir. Die Frau, die ihren Mann liebt, geht mit ihm bis ans Ende der Welt. Ich aber wäre nicht einmal bereit, nach Grömitz zu gehen.

Das war das lapidare Ende unserer einst so freudvollen Beziehung.

Als wir noch glücklich zusammen waren, hatte er mir ein Paar Schuhe geschenkt. Die Leute auf der Straße sahen mir nach, wenn ich vorüber ging. Solche Schuhe hatte Weimar noch nicht gesehen. Meine Kolleginnen im Krankenhaus bekamen schmale Lippen, wenn sie mich damit sahen. So schön waren die Schuhe, ein Traum aus weichem, goldbraunem Leder, mit einer dicken, gelblich-weißen Specksohle. Ich lief darin wie auf Wolken. An dem Tag, an dem wir uns trennten, verlangte Roland die Schuhe zurück. Er wollte mir wehtun. Ich begriff seine Enttäuschung. Aber ich wusste nun, ich hatte mich richtig entschieden.

Mit leichter Überhöhung könnte ich sagen, Goethe und Thomas Mann waren die Paten meines neuen aufregenden Berufes.

Elisabeth und Johanna

Elisabeth beendete die Schule. Vater wollte ihr helfen, eine Lehrstelle zu finden. Davon wollte sie nichts wissen. Sie hatte mit Johanna verabredet, mit ihr gemeinsam eine Lehre zu beginnen. Die Mädchen waren so miteinander verbunden, dass sie sich nicht vorstellen konnten, eine könnte ihren Weg allein gehen. Elisabeth musste warten, Johanna hatte noch zwei Jahre Schule vor sich. Sie fanden eine Lösung. Elisabeth sagte den Eltern, sie wolle das Abitur machen, wünsche, nach Wickersdorf zu gehen. Sie verschwieg, dass sie nur solange dort bleiben wollte, bis Johanna aus der Schule gekommen war.

Wickersdorf war einst eine große, vornehme Schulgemeinde, vor dem Krieg ein Internat für Kinder aus dem Hochadel. Zur Schule gehörte damals ein Marstall mit edlen Pferden, eine Tennisanlage, ein Schwimmbad. Nach dem Krieg reduzierte man energisch die Extravaganzen. Das hohe Niveau des Unterrichts aber blieb.

Nun liegt Wickersdorf, über die Landstraße gemessen, sieben Kilometer von Reichmannsdorf entfernt. Elisabeth bestand zwar die Aufnahmeprüfung, ins Internat wurde sie nicht aufgenommen. Ihr Elternhaus wäre nicht weit genug entfernt. Also trabte das Mädchen Morgen für Morgen sieben Kilometer hin und nach Schulschluss sieben Kilometer zurück. Mittagessen bekam sie in der Schule, nur schlafen durfte sie dort nicht. Das schlaue Lieschen entdeckte bald einen Weg durch den Wald, der war nur drei Kilometer lang.

Sie gehörte zwei Chören an, einem allgemeinen Chor und einem Kammerchor, der sich dem klassischen Liedgut verschrieben hatte und besonders anspruchsvoll war. Die Chöre probten naturgemäß oft, sehr oft sogar, die Proben fanden am späten Nachmittag oder gar am Abend statt, so dass Elisabeth mitunter in der halben Nacht im Wald nach Hause unterwegs war. Solange es warm war, mochte es gehen, als der Winter kam, wurde es kritisch.

Der Winter in den Thüringer Bergen ist kalt, schneereich und er hält lange an. Wenn die Schneeglöckchen unten im Tal blühen, liegt oben noch Schnee. Im ersten Winter hielten die Schuhe des Mädchens die Strapazen gerade noch aus. Im zweiten Winter nicht mehr. Die täglichen Märsche durch tiefen Schnee überforderten sie. Elisabeth kam schon mit nassen Füßen in der Schule an, saß dann ein paar Stunden mit nassen Füßen im Unterricht. Folgerichtig holte sie sich eine Lungenentzündung. Sie war lange krank.

In der Zeit beendete Johanna die Schule. Elisabeth nahm Abschied von Wickersdorf. Für Elisabeth war eine wichtige, interessante Zeit zu Ende gegangen. Nun aber war der Weg frei für die beiden Mädchen.

Sie erwogen Schneiderin oder Friseuse zu werden. Vater riet energisch ab und auch ich redete auf sie ein, sie sollten einen Beruf wählen, der einen gewissen Aufstieg bot. Mädchen lernen heute einen Männerberuf, sagte ich, wie wäre es, wenn ihr Schlosser werdet.

Die braven, arglosen Mädchen willigten ein, obwohl sie keine Ahnung hatten, was auf sie zukam.

Vater suchte eine Lehrstelle, fand sie in der Maxhütte in Unterwellenborn. Dort war man bereit, zwei Mädchen als Schlosser auszubilden. Die Woche über würden sie im Lehrlingswohnheim bleiben, übers Wochenende konnten sie nach Hause fahren. Beginn der Ausbildung sollte der 1. September 1951 sein. Vier Wochen vorher brannte das Lehrlingswohnheim ab. Die Mädchen konnten nicht aufgenommen werden.

Wieder machte sich Vater auf die Suche nach einer Lehrstelle. Er wurde in Saalfeld, im VEB ABUS Kran und Hebewerke, fündig. Zunächst begegnete man ihm mit Vorbehalten, man vermutete nämlich, die Mädchen wären der 5. Klasse entsprungen und geistig auf der Langsam-Spur.

Der Kaderleiter, Fritz von Dorf, wollte sich absichern: Wenn die Mädchen bereit wären, eine Aufnahmeprüfung zu machen, sagte er, wolle man sie nehmen. Der Mann war nicht ungefällig, für ihn war es neu, dass Mädchen Schlosser werden wollten. Heute, gut 58 Jahre danach, hat es den Anschein, als wären wir wieder am Anfang der Emanzipation.

Elisabeth und Johanna waren die einzigen Mädchen in ihrem Lehrjahr, ertrugen manchen Spott und viele dumme Bemerkungen. Leicht fiel ihnen die Ausbildung nicht. Sie stellten auch manchen Unfug an, schwänzten schon mal den Unterricht. Immer, wenn das Maß voll war, rief sie der Kaderleiter zu sich. Dann saßen sie, zerknirscht, mit gesenkten Köpfen vor ihm.

Fritz von Dorf war sich seines Erziehungsauftrages bewusst, zitierte Johann Gottlieb Fichte: Und handeln sollst du so, als hinge von dir und deinem Tun das Schicksal ab der deutschen Dinge und die Verantwortung wäre dein.

Diesen ehernen Satz bekamen die Mädchen immer wieder zu hören. Sie konnten ihn bald auswendig, sprachen ihn leise mit.

Es war im zweiten Lehrjahr, als die große Versuchung über sie kam. Eines Tages sagte der Lehrer in der Berufsschule, sie wären intelligente Mädchen, hätten gute Noten, bedauerlich, dass sie Schlosser werden wollten. Sie hätten das Zeug, Berufsschullehrer zu werden. Er könnte ihnen eine gute Lehrerbildungsanstalt empfehlen.

Die Mädchen ließen sich einfangen, willigten ein. Wie brachten sie es den Eltern bei. Die Situation war günstig, Vater war in Weimar, Mutter gab nach, nachdem sie ihr erläutert hatten, um wie viel günstiger der neue Beruf wäre. Der Lehrerberuf wäre ohnehin passender für Mädchen. Mutter war bereit, sie ziehen zu lassen.

Die Mädchen packten ihre Koffer und fuhren nach Quedlinburg. Sie kamen vier Wochen zu spät, der Lehrbetrieb hatte schon begonnen, trotzdem nahm man sie auf. Sie bekamen ein Stipendium und ein möbliertes Zimmer bei einer alleinstehenden Frau.

Sechs Wochen dauerte ihr Abenteuer, dann tauchte Fritz von Dorf in der Schule auf, hatte ein vertrauliches Gespräch mit dem Direktor. Der musste die Mädchen nolens volens ziehen lassen. Wieder zu Hause, gaben sie sich reumütig, gelobten Besserung, versprachen auch, nie wieder abzuhauen.

Nach diesem Intermezzo trat Normalität ein. Die Lehre im VEB Kranbau ging störungsfrei weiter, führte schließlich zum guten Ende. Die Mädchen hielten Wort, unternahmen keine Ausreißversuche. Sie schlugen sich tapfer, bestanden die Gesellenprüfung mit besten Noten. Elisabeths Gesellenstück war ein Stahlhalter, ein Werkzeug für die Drehbank, man spannt darin das zu bearbeitende Stück ein. Sie hat es sich als Erinnerung aufbewahrt.

Sie waren nun Gesellen, waren damit in der Betriebshierarchie gestiegen. Das hatte den unzweifelhaften Vorteil, dass sie mehr verdienten. Bis dahin hatten sie sich mit kläglichem Lehrlingsgeld abfinden müssen. Nun, da sie richtige Schlosser waren, waren sie verpflichtet, in drei Schichten zu arbeiten. Das fiel ihnen extrem schwer.

In Berlin

Erinnerungen sind trügerisch, sie geben nie das wahre Geschehen wieder. Unser Gehirn ist voller Güte, es sondert ohne unser Zutun das Negative aus unserem Bewusstsein. Für uns bleibt das Schöne übrig. Wenn ich an die Zeit in Berlin denke, sind manche Tage wie helle Sterne, die dunklen sind lediglich der Registratur zugeordnet.
Ich hatte Weimar noch im Blut, als ich nach Berlin kam. Ich war naiv zu glauben, hier fände ich wieder, was ich in Weimar besaß. Das Krankenhaus am Kirschberg war wie ein warmes Nest, in das man sich gelassen kuscheln konnte.
Den Redakteurslehrgang, bei dem es streng und diszipliniert zuging, absolvierte ich ohne Probleme. Wir wohn-

ten in einem Ferienheim, hatten ein Schwimmbad, eine Sportanlage und eine gute Küche.

Das Pensum war zu bewältigen. Auf dem Lehrplan standen Pressegeschichte, Geschichte, Kulturpolitik, Philosophie, politische Ökonomie und praktische Pressearbeit. Die einzelnen Genres wurden nicht nur theoretisch gepaukt, sondern auch praktisch exerziert. Ich lernte die verschiedenen Genres zu unterscheiden und begriff, jedes Genre hatte seinen eigenen Stil. Ich lernte, wie man einen Leitartikel schreibt, eine Nachricht, einen Kommentar, eine Reportage, eine Rezension, was das Feuilleton ist, was der Unterschied zwischen einem eigenen Bericht und dem Bericht der Agentur ist, wie man einen Sportbericht verfasst, eine Satire und wie man mit einer offiziellen Verlautbarung umzugehen hat.

Alles war einleuchtend und begründet, nur mit der Definition der Nachricht hatte ich Schwierigkeiten. Nach meinem Empfinden sollte eine Nachricht objektiv sein, einen bestimmten Vorgang ohne Wertung wiedergeben. Damit geriet ich in einen unerfreulichen Widerspruch. Die offizielle Lehre lautete, eine Nachricht hat den Klassenstandpunkt wiederzugeben, die Objektivität ist ihm unterzuordnen, sie ist demnach zweitrangig. Über eine falsche Prämisse kommt man zu einem falschen Schluss. Und das hieß, ein objektiver Vorgang wird subjektiv bewertet.

Das wollte ich nicht begreifen. Es verstieß gegen meine Prinzipien. Ich habe nie etwas geschönt, um günstig einer prekären Situation zu entkommen. In meinen Augen war die Lehre über den klassengebundenen Charakter einer Nachricht Betrug am Leser. Die Nachricht wäre dann keine Nachricht mehr.

Im kalten Krieg der fünfziger Jahre spielten gesteuerte

Nachrichten eine große Rolle. Sie wurden auch vom politischen Gegner bedenkenlos in die Welt gesetzt, um uns zu schaden.

Trotzdem vertrat ich meine Meinung mit geballtem Eigensinn. Es brachte mir Ärger ein. Ich war nicht etwa renitent, ich dachte nur, es ist ein klassisches Missverständnis, die anderen werden eines Tages einsehen, dass man die Gesetze der Logik nicht einfach aufheben kann.

Das Gesetz der Logik ist wie ein Naturgesetz. Dann werden sie mir rechtgeben.

Ich war naiv und ungeübt im politischen Geschäft. Das Prinzip der kommentierenden Nachricht war zum Dogma erhoben worden, dem Presseamt stand immerhin Albert Norden vor. Ich war in den größten Fettnapf getreten, den es weit und breit gab. Man erwog, mich von der Schule zu nehmen.

Der Leiter der Schule setzte sich für mich ein. Er war ein vernünftiger Mann, hatte in der Resistance gegen die Faschisten gekämpft. Er besaß einen geweiteten geistigen Horizont.

Ich sammelte noch auf einem anderen Gebiet Minuspunkte, beim Singen. An der Schule gab es einen Chor. Ich wollte meinem Harmoniestreben nachgeben und mitsingen. In einem Chor zu singen, ist, als gehörte man einer geschlossenen Gesellschaft an. Beim Singen in der Gemeinschaft fühlt man sich auf besondere Weise aufgehoben. Bedauerlicherweise scheiterte ich schon beim ersten Versuch, ich war zwar laut, aber nicht gut, konnte keinen Ton halten und Noten konnte ich auch nicht lesen.

Das Jahr an der Schule verging schnell. Im Vergleich zu

dem, was danach kam, war es Spiel und Spaß. Nun begann der Ernst des Lebens. Ich wurde in die Redaktion der Gesundheits-Zeitung aufgenommen. Das Wohnungsamt wies mir ein möbliertes Zimmer bei Hedwig Kroessin im zweiten Hinterhof in der Duncker-Straße im Prenzlauer Berg zu. Es war ein großes, dunkles Zimmer mit Möbeln aus den zwanziger Jahren. Meine Wirtin war die Witwe des letzten Berliner Droschkenkutschers. Hedwig Kroessin war ein Gemütsmensch, alt und dick und sie hatte den wiegenden Gang eines alten Matrosen. Ihre Base wohnte in Neukölln, dahin fuhr sie, wenn sie richtigen Kaffee trinken wollte. Mitunter brachte sie mir was mit, Süßigkeiten oder ein Stück Seife, das so herrlich duftete. An langen Abenden erzählte sie mir ihre Lebensgeschichte, bald kannte ich ihre Eheprobleme, war über ihre Krankheiten informiert. Sie arbeitete ihr Leben an mir ab. Für mein Leben interessierte sie sich kaum. Sie fragte nie, was ich treibe, wenn ich morgens aus dem Haus ging und am Abend wieder kam. Dass ich bei der Zeitung war, nahm sie zur Kenntnis, mehr nicht, sie wollte nicht einmal den Namen der Zeitung wissen.

Von der Arbeit in der Redaktion und meinen Kollegen ist wenig in meiner Erinnerung geblieben. Der Redaktionsalltag war ohne besondere Kennzeichen. Geblieben ist ein Gefühl der Nutzlosigkeit. Ich konnte nicht feststellen, dass man mich dort wirklich brauchte. Das tut keinem Anfänger gut. Es verhindert für eine Sache zu glühen und untergräbt das Selbstwertgefühl. Ich war für die Leserbriefe zuständig. Eine Arbeit für die Anfänger. Da kann man keine Fehler machen. Ich durfte Leserbriefe bearbeiten und Stimmen sammeln. Und zwar immer dann, wenn ein Parteitag bevorstand, die Regierung ein Gesetz verkündet hatte. Keine Zeitung hätte gewagt, es nicht zu tun. Mir gefiel es nicht. Es ist nicht meine Stärke, Menschen auf der Straße anzusprechen, sie nach ihrer Meinung zu fragen. Dabei war mir, als verletzte ich ihre private Sphäre. Ich mühte mich redlich, bis ich begriff, meine Kollegen schrieben ihre Stimmen selber. Wenn ich heute Lesermeinungen in der Zeitung lese, bin ich mir nicht sicher, ob sie nicht auf die gleiche Weise entstanden sind.

Die Zeitung, ich kann mich nicht einmal an ihren Namen erinnern, erschien wöchentlich. In der Redaktion einer Wochenzeitung geht es gemächlich zu. Man lässt sich Zeit, schwatzt viel und lange. Die Redaktionssitzungen ziehen sich hin.

Eines Tages hieß es, die Zeitung stellt ihr Erscheinen ein. Sie war in der Tat überflüssig geworden, trotzdem bin ich ihr dankbar, sie hat mir den Weg in eine andere Welt gezeigt.

Ich wurde in die Redaktion der Gewerkschaftszeitung Tribüne übernommen. Die Arbeit war munterer, auch effizienter. Ich durfte schreiben, was mir Spaß machte, hauptsächlich Reportagen und Gerichtsberichte. Ich hatte die Verhandlungen beim Obersten Gericht wahrzunehmen. Im Gericht lernte ich Kollegen anderer Zeitungen kennen, auch Rudolf Hirsch. Er sollte in meinem Leben eine besondere Rolle spielen. Nach den Verhandlungen trafen sich die Gerichtsreporter in der Letzten Instanz, einer Kneipe, die unweit des Gerichts war.

Der Chefredakteur der Tribüne war ein älterer Mann, ich glaube, er hieß Kurt Lowack. Sein Stellvertreter war Günter Schabowski, nichts deutete darauf hin, dass er einmal eine steile Karriere machen und ebenso tief stürzen würde. Er war ein mittelmäßiger Journalist, was er geschickt verheimlichte, indem er kaum schrieb, aber er konnte reden. Die ihn kannten, wunderten sich, wie er Mitglied des Politbüros werden konnte. Höher konnte man in der DDR nicht steigen. Jahre später war es dieser Mann, der am 9. November 1989 mit einer beiläufigen Erklärung, die er, wie er selbst zugab, falsch vorlas, die Öffnung der Grenzen verkündete.

In der Redaktion wusste jeder, der alte Chefredakteur hat ein Verhältnis mit seiner Sekretärin. So sonderbar es auch klingen mag, dieses Liebesverhältnis wurde mir zum Verhängnis. Und das kam so. Man hatte mich zur Vorsitzenden der Frauenkommission bestimmt. Meine Aufgabe war es, die Rechte der Frauen zu vertreten, Frauen zu Qualifizierung vorzuschlagen und dafür zu sorgen, dass sie in der Redaktion einen entsprechenden Posten bekamen.

Ich nahm meinen Auftrag ernst, was sich bald als Fehler herausstellte. Als nämlich bekannt wurde, das Kollegium habe, ohne die Frauenkommission zu informieren, eine besondere Förderung für die Sekretärin des Chefs beschlossen, war uns klar, wofür sie so fürstlich belohnt werden sollte. Das konnten wir uns nicht gefallen lassen. Als Vorsitzende war es meine Pflicht, dagegen anzugehen, die Sache öffentlich zu machen. Das geschah in einer Sitzung, die stürmisch verlief, weil ich im Recht war. Auf dem Weg nach Hause bereute ich meinen aufschäumenden Protest. Ich hätte mich nicht so militant aufführen müssen.

Ich schlief schlecht, träumte schlecht. Der Zirkus kam mir plötzlich provinziell vor und unter unserem Niveau.

Als ich am nächsten Morgen in die Redaktion kam, dem Pförtner freundlich zuwinkte, sagte er, ohne meinen Gruß zu erwidern, ich solle mich sofort beim Genossen Schabowski melden. Dieser saß groß hinter seinem

Schreibtisch, zurückgelehnt in gefälliger Pose, ließ mich vor seinem Schreibtisch stehen, verkündete gnadenlos das Todesurteil. Ich habe das Ansehen der Partei beschädigt, sei fristlos entlassen, habe das Haus sofort zu verlassen.

Parteischädigendes Verhalten, eine damals beliebte, oft gebrauchte Erklärung, um Kritiker und unbequeme Leute loszuwerden. Eine Formel, ebenso schwammig wie einleuchtend. In den langen Jahren meiner Mitgliedschaft in der Partei habe ich mir diesen Vorwurf, das Ansehen der Partei beschädigt zu haben, gelegentlich anhören müssen.

Von einer Stunde zur anderen stand ich am Rande des Abgrunds. Ich war unfähig, die Ursache zu erkennen. Ich begriff nicht, warum man mich rausgeschmissen hatte.

Gescheitert zu sein, ist ein elendes Gefühl. Ich stellte mir immer wieder die Frage, schädigt man das Ansehen der Partei, wenn man die Wahrheit sagt? Mir kamen Zweifel über die Redlichkeit der führenden Genossen. Um ihre Karriere zu sichern, gingen sie über Leichen. Und warum hatten die Kollegen geschwiegen? Da hatte keiner den Mut, den Sachverhalt richtigzustellen, mich zu verteidigen. Sah so die sozialistische Gesellschaft aus? Worin unterschied sie sich dann von der bürgerlichen Gesellschaft, von der wir bereitwillig behaupteten, sie sei verlogen.

Die Redakteure der Tribüne priesen unermüdlich die sozialistischen Tugenden. Im Ernstfall hielt sich bedauerlicherweise keiner daran.

Einsam und verlassen saß ich in meinem dunklen Zimmer in der Duncker-Straße, wusste nicht, wie es weitergehen sollte. Ich hatte kaum noch Geld. Was sollte ich machen. Ein absurder Gedanke setzte sich fest. Der Tod, dachte ich, löst alle Probleme, löscht alle Scham und alle Schuld. Schabowski sollte, wenn er von meinem Tod erfährt, bereuen, was er getan hat.

Ich stand am Ufer des Müggelsees. Ich hatte keine Angst vor dem Wasser. Der See war mein Verbündeter. Da unten lebten nur Fische und die taten mir nichts. Ich liebe das Wasser, trotzdem bin ich nicht hineingegangen. Den Abend am See werde ich nicht vergessen.

In der Friedrichstraße gegenüber dem S-Bahnhof war früher das Presse-Café, im ersten Stock war der Presse-Club. Ich war sonst hingegangen, wenn ich verabredet war. Am Tag nach dem Müggelsee-Ausflug ging ich, es war wie ein Fingerzeig des Himmels, in den Club. Dort traf ich meinen Lebensretter Rudolf Hirsch. Der Rudi war ein Mensch, dem man bedenkenlos Haus, Hof und seine Geheimnisse anvertrauen könnte. Ich war froh, ihn zu sehen, erzählte ihm meine Geschichte. Er wollte sie nicht glauben, so etwas kann es gar nicht geben, sagte er.

Ein paar Tage später stand er vor meiner Tür. Komm, sagte er, wir fahren in meine Redaktion. Vor dem Haus stand sein kleiner Topolino. Ich zwängte mich hinein, wir fuhren zum Friedrichshain, in das große imposante Gebäude der Täglichen Rundschau, die Zeitung der sowjetischen Besatzungsmacht. Sie war eine Art Brückenkopf im kalten Krieg. Ihre Artikel galten als authentische Signale an die westliche Welt. Eine Zeitung auf hohem Niveau, mit geschärftem Blick auf die Weltpolitik.

Der Chefredakteur hieß Bernikow, ein studierter Germanist, er war klein, kugelrund und gemütlich, sprach das antiquierte Deutsch der Goethe-Zeit. Ich hätte stundenlang zuhören können. Er liebte die deutsche Literatur, kannte sich bestens darin aus. Für die Tägliche Rundschau schrieben hochkarätige Leute, unter ihnen Viktor

Klemperer. Ich hatte das große Glück, ihn kennenzulernen. Sein Buch LTI (Lingua Tertii Imperii) habe ich im
Dutzend gekauft und meinen Freunden geschenkt. Es ist
ein so wunderbares Buch.

Ich konnte es nicht fassen, ich wurde als Redakteur eingestellt. Als habe sich der Himmel über mir geöffnet und
mich in goldenen Schein gehüllt, so fühlte ich mich.

Nachdem meine Freude abgeklungen war, wurde mir
klar, wie schwer es sein würde, mich bei dieser Zeitung
journalistisch zu behaupten.

Rudi Hirsch hatte meine Einstellung durchgesetzt, er
blieb mein Schutzengel. Ich bekam einen Platz in seinem
Zimmer. Unsere Schreibtische standen sich gegenüber.

Es kam schon vor, dass er ein Manuskript von mir in den
Papierkorb warf. Dann holte er zwei Stücken Quarkku-
chen aus der Kantine und ging in die Stadt. Wenn er
zurück ist, sagte er, müsse der Artikel umgeschrieben
sein. Ich gab mir große Mühe, wollte mich dankbar er-
weisen und seine Intervention nicht ad absurdum führen.
Doch wenn ich meinen Erinnerungen trauen kann, habe
ich in dieser Zeitung keine journalistischen Glanzleistun-
gen vollbracht.

Die Tägliche Rundschau hatte eine Kantine, in der es
manches gab, wovon man draußen nur träumen konnte.
Ich lernte die russische Küche kennen, das ist eine der
schönsten Erinnerungen an jene Zeit.

Eine andere Erinnerung treibt mir noch heute die
Schamröte ins Gesicht. In einer der täglichen Redaktionssitzung gab Bernikow bekannt, das Ballett des Bol-
schoi-Theaters käme nach Berlin, man zeige Schwanensee in der historischen Inszenierung von Tschaikowski.
Es tanzt die weltberühmte Primaballerina Galina Ulanowa. Er sagte es in einem Ton, als wäre er sicher, uns ein

Geschenk gemacht zu haben. Nichts geschah, kaum einer zeigte Interesse, kaum einer war bereit hinzugehen.

Am Abend im Theater bekam ich fast einen Schock, der Saal war nur zur Hälfte gefüllt. Ich schämte mich für die Berliner, ihre Missachtung einer großen künstlerischen Leistung. Vor allem schämte ich mich für meine Kollegen. Schwanensee mit der Ulanowa, was für ein wunderbares, einmaliges Erlebnis. Ich dachte, irgendwann werden sie begreifen, was sie versäumt, um welch künstlerischen Genuss sie sich in ihrer Ignoranz gebracht haben.

In jeder Abteilung der Täglichen Rundschau gab es zwei Abteilungsleiter, einen Russen und einen Deutschen. Sie arbeiteten paritätisch zusammen.

Mein russischer Abteilungsleiter hieß Jurij Golubkow, der deutsche Rudi Scholz.

Eines Tages hieß es, Golubkow und Scholz wollten mich sprechen. Mir war nicht wohl zu Mute. Was kam da auf mich zu. Ein Gespräch mit beiden Chefs, das konnte nichts Gutes bedeuten.

Die beiden Herren kamen ohne Umschweife zur Sache. Sie fragten, ob ich bereit wäre, nach Magdeburg zu gehen. Meine Aufgabe wäre, eine Bezirksredaktion aufzubauen und sie zu leiten. Damit käme ich in den Rang eines Abteilungsleiters. Man würde mich natürlich unterstützen, ich bekäme ein Büro, einen Dienstwagen mit Fahrer, eine Sekretärin und einen Fernschreiber.

Ich zögerte, konnte ich dieser Aufgabe überhaupt gerecht werden? Was hatte ich bis dahin schon geleistet? Die Redakteure im Haus waren gestandene Leute, Akademiker, manche promoviert, mit einem Diplom ausgestattet. Und was hatte ich, nichts weiter als eine Schmalspur-Ausbildung.

Machen Sie sich keine Sorgen, sagte Golubkow, sie könnten nebenher ein Fernstudium an der Philosophischen Fakultät in Leipzig machen.

Und Rudi Scholz fügte hinzu, an der Philosophischen Fakultät gäbe es ein Institut für Publizistik. Dort könnte ich mein Diplom machen. Auch dabei würde man mich unterstützen.

Was gab es da noch zu überlegen?

Ich sagte ja, ich will nach Magdeburg gehen, will Bezirksredakteur werden und ich will in Leipzig studieren.

Mit 23 Jahren war ich Abteilungsleiter einer bedeutenden Zeitung geworden.

Ich kannte Magdeburg nicht, wusste nichts von dieser Stadt. Zu Hause sah ich mir die Landkarte an, die Stadt lag an der Elbe, war Schnittpunkt von Elbe und dem Mittellandkanal, mehr erfuhr ich nicht. Nach der Gebietsreform, 1952, war Magdeburg einer der neuen Bezirke.

Magdeburg

Ich war begierig, etwas über meine neue Heimat zu erfahren. Im Archiv fand ich ein Traktat, Magdeburg aufgelöst in Zahlen. Zahlen sind meine natürlichen Feinde. Ich fühle mich ihnen unterlegen. Das Lexikon wusste etwas mehr: der Bezirk Magdeburg läge an der Westgrenze, zöge sich über 11.500 Quadratkilometern hin, auf dem Quadratkilometer lebten soundso viel Menschen. Mit mir, dachte ich, käme also noch einer dazu.

Dass Magdeburg den größten Binnenhafen der DDR hat, überraschte mich, wirklich wichtig für mich aber war die Feststellung, Magdeburg wäre die Stadt des Schwermaschinenbaus, es gäbe das Ernst-Thälmann-Werk, das Karl-Liebknecht-Werk und das Karl-Marx-Werk. Drei stramme Riesen in der Industrielandschaft. Das wird meine Spielwiese, dachte ich, mit diesen Riesen kriege ich es nun zu tun.

Eine Ingenieurhochschule gab es, auch eine Pädagogische Hochschule, einen ehrwürdigen Dom aus einer märchenhaft frühen Zeit, nämlich aus dem Jahr 1209, ein Rathaus hatten sie auch, es stammte aus dem 17. Jahrhundert, ein Kloster Unser Lieben Frauen aus dem 10. Jahrhundert.

Es war gut, das alles zu wissen, wichtig indes war es für meine Arbeit nicht. Die Redaktion wollte keine Artikel über alte Klöster und Kirchen oder die Halbkugel-Versuche des Otto von Guericke von 1654. Dafür hatten sie richtige Leute, Historiker zum Beispiel.

Für meine Zeitung war es wichtig zu wissen, wie die Menschen lebten, wie sie mit den Belastungen fertig wurden, wie sie mit der existentiellen Bedrohung, die sich am politischen Horizont abzeichnete, umgingen. Zu diesem Zeitpunkt saß die Welt auf einem Pulverfass, es war, als ginge man dem III. Weltkrieg entgegen.

Den Jahreswechsel von 1952 zu 1953 erlebte ich noch in Berlin. Es waren die letzten Stunden, die ich in der Stadt verbrachte. Am Silvesterabend ging ich mit meinem Freund Dieter ins Konzert. Dieter war Pressesprecher im Außenministerium, ihm war es gelungen, Karten für Beethovens 9. unter dem Dirigat des berühmten Franz

Konwitschny zu bekommen. Nach dem Konzert landeten wir im Presseclub, der an diesem Abend übervoll war, unter den Gästen auch Franz Konwitschny.

Eine kleine, heitere Episode ist mir noch in Erinnerung.

Einer der Gäste rief verärgert nach dem Kellner. In diesem Augenblick ging Konwitschny zufällig am Tisch dieses Mannes vorbei. Der glaubte, es sei der Kellner, packte ihn wütend an den Stößen seines Fracks, hielt ihn fest, gab gereizt seine Bestellung auf.

Die anderen Gäste waren aufmerksam geworden, verfolgten amüsiert, wie Konwitschny reagieren würde. Der gab sich gelassen, parierte mit Witz und Würde. Man lachte, applaudierte ihm, Konwitschny verbeugte sich, wie er es sonst nur von seinem Dirigentenpult aus tat. Plötzlich war die steife Stimmung, die bei versnobten Gästen üblich zu sein scheint, wie weggeblasen. Es wurde ein sehr fröhlicher Abend.

Eigentlich war mir nicht zum Lachen zumute. Die Stunden, die ich noch in Berlin sein durfte, waren gezählt. Ich hatte noch einen Tag, den ich in Berlin verbringen konnte. Was tut man an so einem Tag, bevor man ins Ungewisse fährt. Ich ging die Wege, die ich jeden Tag gegangen war, fuhr zum Müggelsee, nahm von S-Bahn und U-Bahn, der Prenzlauer Allee, der Kastanien Allee, dem Alex Abschied. Ich wusste, nach Berlin würde ich nie wieder kommen. Dieses Glück wird mir nicht beschieden sein.

Am nächsten Tag, dem 2. Januar, fuhr ich einer ungewissen Zukunft entgegen.

Gegen Mittag kam ich in Magdeburg an. Ich verließ den Bahnhof, trat auf die Straße und sah keine Stadt. Da waren Trümmer, Trümmer, immer nur Trümmer.

Die Straßen waren freigeschaufelt, rechts und links der Straßen Trümmer. Die Stadt ein Trümmerhaufen. Sie hatte die makabre Starrheit einer Gespensterstadt.

Eine Straßenbahn kreischte unwillig. Es fing an zu schneien, Himmel, Erde und Schnee verschwammen ineinander. Der Wind trieb mir Schneeflocken ins Gesicht. Ich wäre so gern umgekehrt. Mutig ging ich los, ohne zu wissen, wohin ich gehen sollte.

Mein Abteilungsleiter hatte von Berlin aus ein Hotelzimmer für mich reservieren lassen. Dazu war die Hilfe der Militär-Administration nötig gewesen. Ich machte mich auf den Weg dahin.

Es war ein Hotel, aus dem man schnell wieder verschwinden möchte. Es bot mir immerhin ein Bett, einen Schrank, einen Stuhl und über meinem Kopf ein Dach, das jedenfalls war unbeschädigt geblieben. Das Hotelpersonal begegnete mir mit Zurückhaltung, um nicht zu sagen mit Misstrauen. Ich verstand ihre Skepsis. Sie fragten sich, was es zu bedeuten habe, dass die russische Kommandantur ein Zimmer für eine Frau bestellt, eine Deutsche, eine aus Berlin und das für eine unbestimmte Zeit. Was ist das für eine Frau und was hat sie hier zu tun? Das Personal registrierte, wann ich das Haus verließ, wann ich zurückkam, mit wem ich mich verabredete. Wenn ich gelegentlich an der Rezeption telefonierte, blieb man in berechneter Nähe, um mitzubekommen, mit wem ich und was ich zu besprechen hatte.

Auch hier also Vorbehalte gegen die Russen, wie in Berlin und wahrscheinlich überall in der DDR. Sollte man dafür Verständnis haben? Ich wusste es nicht. Immerhin hatten die Russen die Faschisten geschlagen, unendlich große Opfer gebracht und schwere Verluste erlitten. Als

Sieger in Deutschland hatten sie sich nicht gut aufgeführt. Vergewaltigungen waren vorgekommen, Diebstähle, Unschuldige wurden festgenommen, Häuser, Vieh und Fahrzeuge wurden willkürlich beschlagnahmt. Die Russen verlangten Reparation. Was für ein Wahnsinn. Unser kleines, armes Land, das ohne Rohstoffquellen war, die Schwerindustrie lag im Westen, wir allein sollten den Krieg bezahlen. Es war reine Willkür, dass man das zweite Gleis abmontierte, nach Russland verlud und damit das Verkehrsnetz lahm legte. Betriebe wurden demontiert, die Demontage schwächte unsere Wirtschaft, die sich mit Schweiß und Mühe langsam zu erholen begann. Wollte Stalin die DDR ausbluten lassen, um sie dann als Sowjetrepublik zu annektieren?

Die Bundesrepublik zahlte keine Reparation, als hätten sie mit dem Krieg nichts zu tun gehabt. Die Amerikaner bescherten der Bundesrepublik den Marshallplan, damit kam die Industrie wieder auf die Beine. Für die kleinen Leute gab es die Care-Pakete.

In dieser zerbombten Stadt Magdeburg, die sich ächzend anschickte, normales Leben einzurichten, sollte ich eine Wohnung für mich und ein Büro für die Redaktion besorgen. Die Wohnungsnot war grenzenlos, sie war es überall, in allen Städten des Landes, in Magdeburg hatte sie die Grenze des Erträglichen überschritten. Die Wohnungsvergabe beim Rat der Stadt oblag einer Frau, einer gewissen Herta Knie. Sie war eine einfache Frau, älter schon, hatte im Widerstand gegen die Faschisten gestanden. Nun führte sie einen anderen erbitterten Kampf. Sie vergab Wohnungen. Ein lebensgefährliches Unternehmen. Sie wurde beschimpft und bedroht, man lauerte ihr auf, verfolgte sie bis in ihre Wohnung, in der Hoffnung sie zu überführen, vielleicht lebte sie selbst in luxuriöser Wohnung. Man hätte sie ans Kreuz genagelt. Sie wohnte nicht anders als all die vielen Ausgebombten. Andere versuchten sie zu korrumpieren. Es hätte ihr an nichts gefehlt, sie hätte gehabt, was andere nicht hatten, wäre sie auf die Bestechungsversuche eingegangen. Für Herta Knie war ihre Funktion ein Martyrium.

Ich weiß nicht, wie lange ich in dem kalten mir feindlich gesonnen Hotel gelebt habe. Eines Tages war es soweit, ich bekam eine Wohnung im 5. Stock in der Otto von Guericke Straße, Neubau mit Fahrstuhl, drei Zimmer, Küche, Bad. In zwei Zimmern brachte ich die Redaktion unter, ein Zimmer behielt ich für mich.

Herta Knie sagte, es ist ein Provisorium, irgendwann, wenn sich die Lage ein wenig gebessert habe, bekäme ich ein richtiges Büro. Eine Redaktion im 5. Stock kann nur eine Zwischenlösung sein.
Die Arbeit konnte beginnen. Das Büro wurde eingerichtet. Ich suchte eine Sekretärin, hatte Glück. Auf meine Annonce hin meldete sich eine junge, blonde Frau, die Sekretärin des Bürgermeisters in Rostock war, perfekt in allen Arbeiten. Nach Magdeburg war sie gekommen, ihren Liebsten zu heiraten. Eines Tages stand auch mein Dienstwagen vor der Tür. Noch hatte ich keine Fahrerlaubnis, musste einen Kraftfahrer einstellen. Es meldete sich ein junger Mann, er machte einen verlässlichen Eindruck, ich nahm ihn. Damit holte ich mir das Unglück ins Haus.
Es gehörte zum Reglement der Täglichen Rundschau, die Korrespondenten einmal im Monat nach Berlin in die

Hauptredaktion einzuladen. Über den Fernschreiber erfuhr ich Termin und Dauer der Tagung. Es war kalt, auf den Straßen lag Schnee. Wir fuhren über die Autobahn, der junge Mann fuhr schnell, zu schnell. Bei Michendorf geriet der Wagen ins Schleudern, schoss auf einen Baum zu. Ich sah den Baum auf mich zukommen, dann verlor ich das Bewusstsein. Tage später erst wachte ich im Krankenhaus in Potsdam auf. An meinem Bett saß ein Mann, den ich nicht kannte. Eine Ärztin war da, sie wollte wissen, wie ich heiße, ich wusste es nicht, ich konnte ihr auch nicht sagen, welchen Tag, welches Jahr wir hatten.

Erst als der Mann an meinen Bett zu sprechen begann, erkannte ich ihn, es war Rudi Scholz, mein Abteilungsleiter. Seine Stimme hatte mich in die Welt zurückgeholt. Langsam begriff ich, was geschehen war.

Später erfuhr ich, was passiert war. Der Wagen war mit überhöhter Geschwindigkeit auf eisglatter Bahn gegen einen Baum gerast. Dem Kraftfahrer war nichts passiert, als er sah, was er angerichtet hatte, vermutete er, ich wäre tot, machte sich aus dem Staub. Er ließ sich nach Berlin mitnehmen, tauchte in Westberlin unter. Mich ließ er im Wagen liegen. Ein Räumfahrzeug passierte Stunden später den Unfallort. Die Männer untersuchten den Wagen, fanden mich und brachten mich ins Krankenhaus.

Das war kein guter Anfang. Ich wurde gesund, bekam ein neues Auto und setzte meine Arbeit fort.

Johanna und Elisabeth

Aus den kleinen Mädchen waren junge Damen geworden, die sich ihre Zöpfe zwar noch mit Zuckerwasser kräuselten, von der großen Welt da draußen aber wenig wussten. Sie fühlten sich wohl in der Idylle der Thüringer Berge, waren angekommen und in Reichmannsdorf zu Hause. Keinem der Mädchen wäre es in den Sinn gekommen, von dort wegzugehen.

Johanna hatte einen netten Jungen kennengelernt, den blonden Helmut, er war Anreißer, eine gehobene Position in der Schlossergilde, für sie eine bewunderte Autorität. Es schien, als wäre ihre erste Liebe auch die letzte, sie wollten zusammenbleiben für immer. Helmut meinte es ernst. Johanna sah sich als Ehefrau an seiner Seite.

Auch Elisabeth hatte einen Freund, er hieß Paul und hatte dunkle Locken. Er arbeitete im Betriebsbüro. Auch bei Paul und Elisabeth stimmte die Chemie, sie sahen wohlgemut einer gemeinsamen Zukunft entgegen. Es gab nichts, was die Harmonie der beiden Paare störte. Lästig war nur, dass sie sich nie etwas vornehmen konnten, nie konnten sie die Abende miteinander verbringen. Die Mädchen mussten nach Arbeitsschluss mit dem letzten Bus nach Reichmannsdorf und der fuhr um 17 Uhr von Saalfeld ab.

Das ertrugen die vier jungen Leute eine ganze Weile, bis es den Mädchen nicht mehr genügte. Sie ließen eines Tages den letzten Bus fahren, gingen mit ihren Freunden ins Kino. Nach dem Kino gingen die Jungen nach Hause, sie hätten vielleicht Ärger bekommen. Auf den Bahnhöfen gab es damals noch Rot-Kreuz-Baracken. Das fiel den Mädchen rechtzeitig ein. Sie gingen hin, durften die

Nacht über dort bleiben. Sie waren für die Zukunft geheilt, wagten nie wieder, über Nacht wegzubleiben.

Eines Tages geriet die harmonische Vierer-Beziehung in Gefahr. Fritz von Dorf, der Kaderleiter, teilte ihnen mit, der Betrieb beabsichtige, sie an eine Ingenieurhochschule zu delegieren. Die Kosten übernähme der Betrieb.

Die Mädchen erschraken. Ein Ingenieurstudium! Sie sagten nein, das ist unmöglich, absolut verrückt. Wir sind doch nur Schlosser, das schaffen wir nie, die verlangen dort, dass man perfekt in Mathematik ist, und genau das ist unsere schwache Seite. Wir haben kein Abitur, als letzten Trumpf warfen sie in die Debatte, die nehmen uns ja doch nicht.

Für den Kaderleiter waren das keine Argumente, er bereitete unbeirrt die Delegierung vor. Ihr müsst natürlich eine Aufnahmeprüfung machen, sagte er, aber ihr schafft es schon und außerdem seid ihr ausgebildete Schlosser. Vom Betrieb bekommt ihr außerdem monatlich 10 Mark Büchergeld. Na, das ist doch was.

Die Mädchen zögerten. Als ich davon erfuhr, sprach ich mit ihnen, versuchte sie davon zu überzeugen, die Chance wahrzunehmen. Johanna hing an ihrem Helmut, zeigte mir sein Foto, das hätte sie lieber nicht tun sollen. Ich sah es mir an, zeigte mich überrascht: Ein ausgesprochen hübscher Junge, dein Helmut, sagte ich, ist ja nur schade, dass er schielt. Johanna fiel aus allen Wolken, das hatte sie nicht wahrgenommen.

Eines Tages rief mich Herta Knie an. Sie habe ein Büro für die Redaktion. Es läge nur zwei Häuser entfernt. Wir zogen um. Ich ließ ein richtiges Schild am Haus anbringen – Tägliche Rundschau Bezirksredaktion.

81

Ich hatte nun drei Zimmer ganz für mich allein. Das war mehr Last als Lust, wusste ich doch um die Wohnungsnot in der Stadt. Wie hätte ich da mit ruhigem Gewissen allein in einer so großen Wohnung leben können.

Wenn die Mädchen in Magdeburg studierten, könnten sie auch bei mir wohnen. Was für ein schöner Gedanke, wieder mit meinen kleinen Schwestern zusammen sein zu können.

Ich wäre nicht mehr allein, könnte den Mädchen beistehen. Johanna war zu diesem Zeitpunkt siebzehn, Elisabeth neunzehn Jahre alt. Bald darauf reisten sie an. Das Studium sollte im Herbst beginnen. Noch waren sie nicht sicher, ob man sie immatrikulieren würde. Sie hatten eine Aufnahmeprüfung zu bestehen und ihre Eignung nachzuweisen. Sie waren sicher, die Prüfung nicht zu bestehen, wären lieber zurück nach Reichmannsdorf zu ihren Freunden gegangen. Entsprechend leichtfüßig gingen sie in die Höhle des Löwen. Johanna sollte ein Fahrrad zeichnen. Sie hatte nie eines besessen, war nie darauf unterwegs. Sie ging an die Tafel, zeichnete zuerst die Räder.

In der Prüfungskommission wurde Protest laut: Man fängt mit dem Rahmen an, sagte einer. Johanna drehte sich zu ihm um, sagte: Das müssen Sie schon mir überlassen.

Der Charme der Siebzehnjährigen, ihr Selbstbewusstsein überraschte die Prüfenden, sie gestatteten ihr, das Rad nach ihrer Vorstellung zu zeichnen.

Auch in den anderen Prüfungsfächern waren die Mädchen allen Anforderungen gewachsen. Sie bestanden die Prüfung, wurden zugelassen.

Während des Studiums hatten sie manche Hürde zu

nehmen. Sie waren fleißig, saßen bis in den späten Abend über ihren Büchern oder an ihren Zeichenbrettern.

Ich erinnere mich an eine Geschichte, ich glaube es war im zweiten Semester, eine Mathematik-Prüfung stand bevor, sie gerieten in Panik und griffen zu einer List. Elisabeth hatte einen Freund, Peter, Student im oberen Semester. (Er wurde später ihr Mann.) Mit ihm verabredeten sie folgenden Coup. Elisabeth sollte auf die Toilette gehen, dort würde Peter waren, er löst die Aufgabe, nach einer Weile könnte Johanna rausgehen, bekommt die gelöste Aufgabe. Es klappte tatsächlich. Die Mädchen fürchteten nur, der Dozent wollte wissen, wie sie die Aufgabe gelöst haben. Peter erklärte ihnen den Lösungsweg. Der Dozent zeigte sich von der Arbeit der Mädchen überrascht, lobte sie.

Dann sagte er, ihn habe es ein wenig irritiert, denn den Weg, der zur Lösung der Aufgabe führt, hätten sie noch gar nicht durchgenommen.

Elisabeth musste an die Tafel, erklärte, wie sie auf den Lösungsweg gekommen ist. Das überzeugte den Dozenten. Sie bekamen beide eine Eins.

Auf Pressekonferenzen, über die ich zu berichten hatte, lernte ich einen netten Kollegen kennen. Er hieß Bernhard, war ein Jahr jünger als ich, leitete die Bezirksredaktion des ADN (Allgemeiner Deutscher Nachrichtendienst). Er war außerordentlich klug, hatte das Abitur mit Auszeichnung gemacht, das Studium an der Karl-Marx-Universität erfolgreich absolviert. Wir freundeten uns an. Nach ungefähr einem halben Jahr heirateten wir.

Nun waren wir schon zu viert in der Wohnung. Wir vertrugen uns, es herrschte eine ironisch-heitere-hilfsbereite Atmosphäre.

Bernhard, er war Magdeburger, kannte seine Stadt, brachte sie mir nahe, half mir, Institutionen und ihre Chefs kennenzulernen, Verbindungen zu knüpfen, Leute zu treffen, die mir Informationen zukommen ließen.

Eines Tages war die freundliche Idylle zu Ende. Bernhard wurde in die Hauptredaktion nach Berlin gerufen. Am Abend kam er erschöpft und glücklich nach Hause. Er sei als Korrespondent für Peking vorgesehen, sagte er. Eine Bedingung sei, dass ich als seine Ehefrau mit ihm ginge. Es wäre nun mal üblich, wenn Korrespondenten ins Ausland gingen, müssen die Ehefrauen mit ihnen gehen. Da gelten strenge Regeln. Anstatt mich zu freuen, wie er es erwartet und auch gewünscht hatte, war ich erschrocken. Ich sollte weg, gerade jetzt, wo ich mich in Magdeburg wohl zu fühlen begann, Erfolg in der Arbeit hatte, die kleinen Schwestern hierher gelockt, das Studium in Leipzig aufgenommen hatte. Nein, China war nicht in meiner Lebensplanung vorgesehen.
Bernhard war enttäuscht, verstand mich nicht, verstand nicht, dass ich der großen Verlockung eine fremde, ferne Welt kennen zu lernen, widerstehen konnte. Er wertete meine Haltung als ein intellektuelles Defizit. Mir war bewusst, dass ich mit meiner Weigerung nicht nur seinen großen Traum zerstört, sondern auch einen kräftigen Sprung auf seiner Karriereleiter verhindert hatte. Er tat mir leid, mehr aber nicht. Für mich war es eine Art Dejavu-Erlebnis, Roland fiel mir ein, ich begann an mir zu zweifeln, gab es denn keinen Mann, der mich meinetwegen heiratete und nicht, um seine Karriere zu stabilisieren. Die Liebe bekam einen Sprung, die Harmonie zwischen uns war gestört. Wir trennten uns. Und was wurde aus Bernhard? Er durfte tatsächlich nicht nach China.

Man besetzte den Posten mit einem anderen Journalisten. Später heiratete er eine Berlinerin, wurde Korrespondent in Albanien.

Seit Elisabeth und Johanna in Magdeburg waren, kam unsere Mutter öfter zu Besuch. Es war wunderbar, wenn sie da war, sie sorgte für uns, kochte und war immer für uns da. Ihre Besuche wurden von Mal zu Mal länger. Das gefiel meinem Vater nun gar nicht. Er saß allein in Reichmannsdorf in der leeren Wohnung. Als es ihm zu viel wurde, bat er das Schulamt um seine Versetzung nach Magdeburg. Der Antrag wurde genehmigt, Vater zog bei uns ein, nun waren wir zu fünft. Die Wohnung war damit ausgelastet. Es war schön so.

Folgen einer Überschwemmung

Im Frühjahr schwoll die Elbe an, drohte Dörfer, Wiesen und Äcker zu überschwemmen. Eine überdimensionale Solidaritäts- und Hilfsaktion setzte ein. Studenten, FDJler und Armee beeilten sich, den Schaden zu begrenzen, arbeiteten Tag und Nacht, manche Heldentat wurde vollbracht. Die Republik nahm Anteil, keine Zeitung konnte es sich leisten, an diesem Ereignis vorüberzugehen. Auch die Tägliche Rundschau musste etwas bringen. Die Hauptredaktion beauftragte mich, eine Reportage zu schreiben. Ich kannte die Gegend nicht, in der sich das Drama abspielte, versuchte mich zu orientieren, wollte den Mann interviewen, der den Überblick über das Geschehen hatte. Sein Name wurde mir genannt, auch seine

Telefonnummer. Nach langen Mühen bekam ich ihn tatsächlich an die Strippe. Er war bereit, mir zu helfen, nannte den Ort, an dem ich genügend Material für eine Reportage finden würde. Es war selbstverständlich, dass ich mich selbst informieren wollte. Man schreibt keine Reportage auf Zuruf. Der freundliche Katastrophen-mensch beschrieb mir den Weg dahin.

Wir fuhren los, nach gut einer Autostunde gerieten wir in eine Waldgegend. Zunächst glaubte ich, wir hätten uns verfahren. Doch die Route stimmte mit seinen Angaben überein. Plötzlich standen wir in einem moorähnlichen Gebiet. Der Wagen geriet in eine zähe Schlammtiefe. Der Kraftfahrer gab Gas, die Räder drehten sich immer tiefer in den Morast. Jeder Versuch, uns zu befreien, ver-schlimmerte unsere Lage. Dann streikte der Wagen, sagte keinen Ton mehr. Vom Hochwassergeschehen war weit und breit nichts zu sehen. Langsam begriff ich, der Kata-strophenheini hatte mich in die falsche Richtung ge-schickt, es hatte ihm offensichtlich Spaß gemacht, mich zu verladen. Der Kraftfahrer, den ich nach meinem Un-fall eingestellt hatte, war ein penibler Bursche, das Auto war ihm wichtig, sonst nichts. Ohne fremde Hilfe beka-men wir den Wagen nicht aus dem Moor. Ich weiß nicht, wie wir aus der misslichen Lage kamen und wie wir nach Hause gekommen sind. Die Reportage blieb ungeschrie-ben. Die Redaktion rügte mein Versagen. Ich war wü-tend, auf so einen dummen Streich reingefallen zu sein. Reportagen waren mein Steckenpferd, es war das, was ich am liebsten machte. Ich hatte dazu nur selten Gelegen-heit, Reportagen waren nicht das bevorzugte Genre der Täglichen Rundschau. Hier hatte ich mich um eine Chance gebracht.

Die Lage normalisierte sich. Die Helfer kehrten heim. Die Welt war wieder in Ordnung. Ich hatte meine Niederlage fast schon vergessen, als mich ein Anruf daran erinnerte. Der Mann, der mir so übel mitgespielt hatte, war am Apparat. Er bekenne sich schuldig, sagte er, wolle sich in aller Form entschuldigen, fand dafür freundlich-selbstkritische Worte. Als ob ich ihm und nicht er mir übel mitgespielt hätte, begann ich ihn zu trösten, schwächte meine Enttäuschung ab, den Ärger mit der Redaktion reduzierte ich auf ein Minimum. Er wolle alles wieder gutmachen, sagte er, es machte Spaß mit ihm zu plaudern, er beherrschte die leisen, ironischen Zwischentöne. Er lud mich zum Essen ein. Ich wollte nicht nachtragend, nicht zickig sein und sagte zu.

Wir trafen uns in einem Restaurant. Er gab sich charmant und bescheiden. Sein Name war Erwin Kleine, von Beruf Jurist, jetzt Oberstleutnant bei der Volkspolizei und Chef der Kriminalpolizei im Bezirk Magdeburg. Es wurde ein Abend, den ich lange nicht vergessen konnte. Als wir uns verabschiedeten, bat er darum, mich anrufen zu dürfen. Ich hatte nichts dagegen. Wenig später sah ich ihn im Theater in Begleitung einer jungen Dame. Das tat weh. Ich ahnte, er war ein Charmeur, ackert auf mehreren Feldern. Trotzdem traf ich mich mit ihm, redete mir ein, es ginge nur darum, Informationen über Kriminalfälle zu bekommen, die ich für die Zeitung brauchte. Außerdem war er ein guter Schachspieler, ich hatte immer schon Schachspielen lernen wollen. Irgendwann trat ein, was ich nie für möglich gehalten hatte, wir wurden ein Paar. Es dauerte auch nicht lange, bis er mir die Frage aller Fragen stellte, ob ich seine Frau werden wollte. Ich hatte meine kurze Ehe mit Bernhard und die Enttäuschung mit Roland noch im Kopf, wollte nicht wieder einen Fehler machen. Seine Karriere konnte ich allerdings nicht mehr beeinflussen. Er war im Zenit seines Berufslebens, galt in der Republik als erfolgreicher Kriminalist, als ein außergewöhnlich guter Taktiker. In seinem Bereich gab es keinen unaufgeklärten Mord. Und trotzdem konnte ich nicht Ja sagen. Ich wurde nicht recht klug aus ihm. Er war ein besonderer Mensch oder soll ich sagen, er war ein sonderbarer Mensch. Er hatte so eine Art, sich rar zu machen. Er sprach nie von sich, ich habe in den vielen Jahren, die wir zusammen waren, kaum erfahren, was in seinem Inneren vorging, welche Wünsche, Träume, Ängste ihn bewegten.

Meine zögerliche Haltung hielt sich über ein Jahr, dann endlich stimmte ich einer Heirat zu.

17. Juni 1953

An dieses Kapitel der DDR-Geschichte erinnere ich mich mit nur äußerst unbehaglichen Gefühlen. Der Gedanke an diesen Tag bedrückt mich heute noch. Es ist die Erinnerung an die Schmach von Partei und Regierung, die dem Irrtum erlegen waren, das Volk sei aufdringlich geworden, es müsse etwas dagegen unternommen werden. Das wollten sich die Leute nicht gefallen lassen.

Dieser Tag ist aber auch die Erinnerung an meine eigene Unwissenheit, dem Mangel an politischer Sensibilität. Ich habe die Unzufriedenheit, die dem 17. Juni vorausgegangen war, nicht erkannt. Vielleicht habe ich sie auch nicht erkennen wollen. Damals fehlte mir das, was man einen analytischen Verstand nennt. Die Revolte musste sich angekündigt haben. Warum habe ich ihre Anzeichen nicht wahrgenommen. Ein Aufstand entsteht nicht spontan aus einer vorübergehenden Verstimmung heraus, ein Aufstand hat immer eine Vorgeschichte. Ich musste es mir eingestehen, es war die falsche Politik der Partei, die das Volk aufgebracht hatte. Sie hatten die Normen erhöht, Preise erhöht, Reisemöglichkeiten eingeschränkt, Methoden der Bevormundung installiert und schließlich war es ihre höchst eigenwillige Interpretation des Begriffs Freiheit, das die Leute auf die Straße getrieben hatte. Die Unruhen waren hausgemacht, das war nicht zu übersehen und sie war mit der bereitwilligen Hilfe den Medien aus West Berlin in Gang gesetzt worden.

Hätte ich es voraussehen können? Ich glaube ja, ich hätte es wissen müssen, ich hatte ja die Sicht auf gesellschaftliche Verhältnisse, eine pompöse Panoramasicht. In den Betrieben, in denen ich fast täglich unterwegs war, hätte ich die Unzufriedenheit spüren können, wenn ich sie hätte spüren wollen. Es ist meine Schwäche gewesen, dass ich die politischen Zusammenhänge nicht erkannt, die gesellschaftliche Entwicklungen nicht richtig gedeutet habe. Ich hätte spüren müssen, ob das Volk mit seiner Regierung übereinstimmt. Der Journalist muss in der Lage sein, wie ein Seismograph Stimmungen zu registrieren. Es war, als hätte ich meinen politischen Instinkt verloren und die Fähigkeit, zwischen den Zeilen zu lesen. Hätte ich etwas ändern, die Katastrophe verhindern können?

An jenem verhängnisvollen Tag, dem 17. Juni also, war ich wie jeden Morgen in die Redaktion gegangen. Es waren wenige Schritte bis dahin, hätte ich durch die Stadt gehen müssen, wäre mir manches aufgefallen. Der Rhythmus der Stadt hatte sich verändert. Eine sonderbare Stimmung lag über der Stadt. Die Straßenbahnen fuhren nicht. Menschengruppen standen zusammen, diskutierten. Ein Mann in Arbeitskleidung schrie Parolen in den Morgenhimmel. Ein anderer Mann schraubte das Namensschild der Magistrale Karl Marx ab, schleuderte es gegen eine Hauswand, befestigte ein handgeschriebenes Schild mit dem alten Namen – Breiter Weg.

Der Lebensmittelladen des alten Salomon, gegenüber der Redaktion, der sein Geschäft an allen Tagen früh öffnete, damit die Leute auf ihrem Weg zur Arbeit etwas mitnehmen konnten, hielt sein Geschäft geschlossen, er hatte nicht einmal die Jalousie hochgezogen.

An diesem Tag war für 10 Uhr eine Pressekonferenz in der Bezirksleitung der SED angesetzt, die ich wahrzunehmen hatte. Als ich vor dem Haus der Partei eintraf, glaubte ich in einen Bürgerkrieg geraten zu sein. Eine Gruppe wütender Männer versuchte die Tür aufzubrechen. Sie schrien, drohten, schleuderten Steine in die Fenster und gegen die Tür.

Ein Mitarbeiter der Bezirksleitung, der ahnungslos dahergekommen war, an seinen Arbeitsplatz wollte, wurde festgehalten, sie prügelten auf ihn ein, fünf Männer gegen einen. Ich dachte, was für eine Wut kommt da hoch, dass fünf gegen einen losgehen, hoffentlich überlebt der arme Kerl. Mein Kollege von der Magdeburger Volksstimme, der wie ich zur Pressekonferenz wollte, winkte mich in sein Auto. Wir machten uns schnell aus dem Staub. Ich begriff nicht, was das zu bedeuten hatte. War es eine lokale Angelegenheit, auf Magdeburg beschränkt oder tobten die Leute republikweit?

Ich wollte es wissen, rief Kollegen in anderen Bezirken an. Ich telefonierte mit Rostock, dann rief ich in Halle an, von beiden Kollegen erfuhr ich, auch bei ihnen spielten sich bürgerkriegsähnliche Szenen ab. Plötzlich tauchte ein Mann in der Redaktion auf, sagte im drohenden Ton, ich solle die Telefonate mit den anderen Bezirksredaktionen unterlassen, wenn ich nicht Ärger bekommen wolle. Erst da wurden mir das Ausmaß und die Bedeutung der Unruhen bewusst. Das Gefühl totaler Hilflosigkeit und die Angst, es könnte zu ernsthaften, zu kriegerischen Auseinandersetzungen kommen, verstärkten sich am späten Nachmittag. Der Fernschreiber ratterte, in wenigen Worten teilte die Chefredaktion mit, die Tägliche Rundschau stelle mit sofortiger Wirkung ihr Erscheinen ein.

Das war ein harter Schlag. Ich konnte ihm nicht ausweichen, hatte mich zu fügen. Was hatte die Schließung zu bedeuten und was für Konsequenzen ergaben sich daraus. Stand die Bankrotterklärung im kausalen Zusammenhang mit den Unruhen im Land. Die Tägliche Rundschau war wie ein Fels in der politischen Brandung, sie war klug und bedacht, ruhig und fair. Nun hatte man eine Entscheidung getroffen, die auf Kopflosigkeit und Bestürzung schließen ließ. War der Befehl aus Moskau gekommen, von der Militär-Administration, vielleicht vom Alliiertenrat oder war es die ebenso einsame wie ängstliche Reaktion des Ästheten Bernikow?

Und was zum Teufel wird aus der Zeitung und was wird aus uns, den Mitarbeitern? Es drängte mich, mit Kollegen zu reden, die gleich mir betroffen waren. Nach der Drohung des unbekannten Mannes traute ich mich nicht, jemanden anzurufen. Drei Tage dauerte die tödliche Stille. Dann ratterte der Fernschreiber, die Chefredaktion teilte, ohne Angabe von Gründen, mit, die Zeitung erscheine wie üblich. Sie blieb dann noch ganze vier Jahre. Dann erst wurde sie eingestellt, nicht als panische Reaktion auf einen politischen Vorgang, sondern weil sie ihre historische Aufgabe als erfüllt ansah. Sie dankte ihren Lesern und verabschiedete sich.

Bertolt Brecht hatte eine grandiose Idee: Wäre es da nicht doch einfacher, die Regierung löste das Volk auf und wählte ein anderes?

Die Magdeburger Volksstimme

Ich hatte mein Studium beendet. Aus dem Institut für Publizistik an der Philosophischen Fakultät war die Fakultät für Journalistik geworden. (Später als das rote Kloster verschrien.) Man hatte mich zum Studium nicht zulassen wollen, ohne Abitur kein Studium. Die Tägliche Rundschau legte sich ins Zeug, erwirkte mit Mühe, dass ich ein Not-Abitur ablegen durfte. Neben der Arbeit in der Redaktion studierte ich also in Leipzig. Die Prüfungen habe ich bestanden. Im Fach Literatur durfte ich über Mario und der Zauberer von Thomas Mann referieren. Die Diplomarbeit schrieb ich zum Thema: Die Polemik bei Stefan Heym. Ich schickte dem berühmten Schriftsteller meine Arbeit. Er hat nicht reagiert. Ich besaß nun eine ansehnliche Urkunde und den gefälligen Nachweis meiner journalistischen Fähigkeit und war arbeitslos. Ein seelenloser Zustand, er dauerte zum Glück nur ein paar Wochen. Die Magdeburger Volksstimme stellte mich als Redakteur ein. Für mich begann eine glückliche Zeit.

Auch das Studium von Johanna und Elisabeth war zu Ende gegangen. Die tapferen Mädchen hatten es geschafft, hatten die Prüfungen bestanden, das Studium erfolgreich beendet. Sie waren nun richtige Ingenieure. Ich habe ihren Fleiß, ihre Ausdauer und ihr Wissen bewundert. Sie hatten sich tapfer durch den spröden Stoff gequält. Mir war der Gegenstand ihres Studiums fremd, auch ein bisschen unheimlich. Ich habe lange versucht, wenigstens etwas von dem zu begreifen, was auf ihrem Lehrplan stand.

Der Kaderleiter ihres alten Betriebes, Fritz von Dorf, kam gelegentlich aus Saalfeld angereist, überzeugte sich, ob es den Mädchen gut ging, sie auch fleißig waren und dem Betrieb keine Schande machten.

Ihr Praktikum absolvierten sie im Ernst-Thälmann-Werk, dem größten Schwermaschinenbau-Kombinat der Republik. Nach dem Studium stellte der Betrieb die frisch gebackenen Ingenieure ein. Johanna war mit ihren 20 Jahren die jüngste Ingenieurin der Republik. Eine Sondergenehmigung war nötig gewesen, damit sie überhaupt studieren konnte. Zu Beginn des Studiums war sie ja erst 17.

Nun begann für beide Mädchen der Ernst des Lebens. Ein Jahr lang durchliefen sie die wichtigsten Abteilungen, die Gießerei, die Technologie, die Konstruktion, das Werkstoffprüflabor und sie arbeiteten als Assistenten des Betriebsleiters im Walzwerk und der großen Schmiede, dort wurden komplette Walzstraßen, Backenbrecher, Verseilmaschinen hergestellt.

Den Männern in den Betrieben war es unheimlich, dass Mädchen in ihre Phalanx einbrachen. Frauen wurden Schwermaschinebau-Ingenieur, das war neu, ungewohnt, auch beunruhigend. Sie reagierten ihr Unbehagen damit ab, dass sie versuchten, die Mädchen nicht ernst zu nehmen. Jetzt geht doch die Welt unter, sagten sie, Weiber als Ingenieure. Wenn die Mädchen nach der Arbeit nach Hause kamen, fragte die Mutter besorgt: Haben sie euch wieder gehänselt?

Der Abschied von der Täglichen Rundschau tat weh. Sie war mein seelisches Halteseil gewesen, hatte mich aus tiefer Niedergeschlagenheit geholt, mir Mut und Selbstvertrauen zurückgegeben. Dafür bin ich ihr dankbar. Die Arbeit in der neuen Redaktion unterschied sich in wesentlichen Dingen. Ich war nun nicht mehr mein eigener Chef, konnte nicht mehr tun und lassen, was ich für richtig hielt, konnte nicht kommen und gehen, wann ich wollte. Jetzt war ein Kollektiv um mich. Das hatte auch sein Gutes, bisher hatte ich niemanden, mit dem ich mich beraten konnte, musste mich auf mein eigenes Urteil verlassen. Jetzt konnte ich Kollegen fragen, Rat bei ihnen holen.

Die morgendliche Redaktionssitzung, in der die aktuelle Ausgabe und die Arbeit einzelner Kollegen besprochen wurden, erwies sich als produktiv. Mit dem Chefredakteur, Herbert Kopietz, einem Mann mit Humor und einer politischen Sicht über den Tellerrand, kam ich gut aus. Zwar gehörte ich zur Kulturredaktion, meine Arbeit aber bestand hauptsächlich darin, Reportagen zu schreiben.
Eines Tages ließ mich der Chef rufen, trug mir auf, Verbindung zu einer Frau aufzunehmen, die Melkerin einer

LPG in der Altmark war. Diese Frau, meinte er, arbeite so vorbildlich, dass man über sie schreiben müsste. Ich besaß inzwischen eine Fahrerlaubnis, durfte einen Wagen als Selbstfahrer nutzen, hatte aber trotzdem Bedenken eine weite Fahrt anzutreten, von der ich nicht wusste, ob es überhaupt angebracht war.

Ganz in der Nähe, in Krumke, wohnte ein Förster, Volkskorrespondent unserer Zeitung, der gelegentlich für uns schrieb. Ich suchte seine Adresse aus der Kartei und rief ihn an. Er versprach, die Melkerin zu besuchen und, wenn es sich lohnen sollte, über sie zu schreiben. Wenig später kam sein Artikel, er nannte ihn: Die Entscheidung der Lene Mattke. Der Förster war Helmut Sakowski, er wurde später mit Fernsehfilmen wie Wege übers Land weithin bekannt. Später gab er seinen Beruf auf und wurde freischaffender Schriftsteller.

In Magdeburg gab es damals eine AJA, ins verständliche Deutsch übersetzt hieß das: Arbeitsgemeinschaft junger Autoren. Sie wurde finanziell und organisatorisch vom Schriftstellerverband betreut. Dieser AJA gehörten Leute an, die ihre literarischen Fähigkeiten ausprobieren wollten. Man traf sich einmal im Monat. Die jungen Autoren lasen ihre Texte, diskutierten darüber. Ich nahm, immer auf der Suche nach Talenten, an den Tagungen teil. Um den jungen Leuten Mut zu machen, brachte ich den einen oder anderen Text in der Zeitung unter. Das beschleunigte ihre Karriere. In der AJA lernte ich Brigitte Reimann kennen, die ihre ersten Schreibversuche machte, auch Reiner Kunze stellte seine Arbeiten vor, las ein Gedicht, das uns restlos begeisterte, es hieß: Der Treppenbauer. Darin zeigte er symbolhaft den Aufbau des Sozialismus als eine stabile Gesellschaftsordnung, Martin Selber war dabei, gelegentlich ließ sich auch Wolfgang Schreyer sehen, der allerdings schon mehrere Stufen auf der Karriereleiter genommen hatte. Er war zu diesem Zeitpunkt schon Heinrich-Mann-Preisträger (Literaturpreis der Akademie der Künste.) Zu Wolfgang hatte ich eine besonders gute Beziehung, war oft Gast in seinem Haus, er besaß das seltene Talent, Partys mit intelligentem Schnick-Schnack zu organisieren.

Eines Tages rief mich Brigitte Reimann an, wollte sich verabschieden, sie verlasse den Bezirk Magdeburg, ginge mit ihrem Mann nach Hoyerswerda, im Bezirk Cottbus. In Burg feierten wir Abschied, waren ein bisschen traurig, weil wir uns nun nicht mehr so oft sehen würden. Aber es sollte nur ein Jahr dauern, bis ich mich ganz in ihrer Nähe, in Cottbus niederließ.

Auf andere Art so große Hoffnung
Shakespeare

Bei Thomas Mann las ich den Satz: Es ist unheimlich und quälend, wenn der Körper auf eigene Hand und ohne Zusammenhang mit der Seele lebt und sich wichtigmacht, wie bei solchen unmotivierten Herzklopfen.

Diese Feststellung von Thomas Mann hatte mich zunächst nicht sonderlich berührt. Ich war nur verwundert, dass der sprachgewaltige Dichter – auf eigene Hand –, nicht wie umgangssprachlich üblich – auf eigene Faust – sagt. Eines Tages aber hatte ich Grund, mir Gedanken über diesen Satz zu machen. Ich bekam nämlich auch so ein unmotiviertes Herzklopfen, das Thomas Mann bei sich verspürt hatte. Ich wollte wissen, was zu diesem irritierenden Klopfen geführt haben könnte. Thomas

Mann sagt, der Körper habe sich wichtig gemacht, die Seele hat es zugelassen. War das der Ausdruck einer stillen Rivalität zwischen Körper und Geist? Sind Körper und Geist feindliche Lager? Ist der Mensch vielleicht eine Fehlkonstruktion. Ich will mich nicht der Blasphemie schuldig machen. Mediziner behaupten, der Mensch wäre ein Wunderwerk. Was stimmte nun? Das Grübeln darüber brachte mich nicht weiter. Die ungebührlichen Attacken meines bis dahin braven Herzens setzten sich fort. Sie erschreckten mich, ich war ratlos.

Geh zum Arzt, sagte die Mutter.

Der Arzt war nett, auch interessiert. Da ist etwas an ihrem Herzen, sagte er, aber ich weiß nicht, was es ist. Ich schicke Sie zu Dr. Zuckermann, er ist Kardiologe an der Uniklinik in Halle. Ein guter Mann. Er ist erst vor kurzem aus Mexiko, aus der Emigration zurückgekommen. Ich hatte schon von einem Zuckermann gehört, aber der war kein Kardiologe, sondern Geigenvirtuose. Ich fuhr trotzdem hin. Den Kardiologen gab es wirklich. Es gelang mir, in das Heiligtum des hoch dotierten Arztes zu kommen. Bevor er sein Stethoskop anlegen konnte, fragte ich ihn nach jenem anderen Zuckermann. Das hätte ich besser lassen sollen.

Es folgte ein längeres Gespräch über den Geiger, der sein Bruder war, über Violinkonzerte allgemein, über David Oistrach, Yehudi Menuhin, über Bach und sein Doppelkonzert.

Mein Herz und sein fahrlässiges Verhalten gerieten in den Hintergrund. Irgendwann erinnerte er sich schließlich doch daran. Die Untersuchung dauerte indes nicht lange. Er sei nicht sicher, was sich da in meinem Herzen abspielte, sagte er. Er überwies mich in das Krankenhaus nach Berlin Friedrichshain. Folgsam wie ich bin, fuhr ich nach Berlin, blieb dort ohne größeren Nutzeffekt ein paar Tage liegen. Der Arzt im Friedrichshain wusste wenig mit mir anzufangen und schickte mich in die Charité, in die Medizinische Klinik, die unter dem Direktorat des berühmten Prof. Theodor Brugsch stand. Ich spürte bald, hier war ich an der richtigen Adresse, an der besten Adresse, die es in Mitteleuropa gab. Diese Adresse hatte einen Namen, Dr. Albert, neben der Ärztin, besser gesagt mit ihr, war Dr. Geißler, er ist später Professor geworden, jetzt vielleicht schon emeritiert. Dr. Albert wurde später als Verdiente Ärztin des Volkes ausgezeichnet. Eine großartige Ehrung, doch bei weitem nicht ausreichend für die wirklich großen Verdienste dieser Frau.

Es war Ende der fünfziger Jahre. Die Untersuchungen glichen mittelalterlichen Foltermethoden. Einen Vorfall, der nicht ohne Spaß war, sicher aber nicht jeden Tag passierte, habe ich noch in guter Erinnerung. Es war so: an einem späten Nachmittag sollte die Herzkatheter-Untersuchung stattfinden. Alle, die das schon einmal erlebt haben, wissen, es ist ein unangenehmer, schmerzhafter, nicht ungefährlicher Eingriff. Ergeben schlüpfte ich in das wenig kleidsame Operationshemd und legte mich brav auf eine Trage. Dann schob mich eine Schwester aus dem Haus, über den Hof in ein Gebäude, in dem sich der Operationssaal befand.

Damals wurde der Katheter noch über die Armbeuge ins Herz geführt. Das zu erwähnen, ist für den Fortgang dieser kleinen Geschichte von einer gewissen Bedeutung. Die Untersuchung nahm Dr. Geißler vor. Nachdem alles vorbei war, sagte er, der Einfachheit halber würde er mich gleich mitnehmen und in die Klinik bringen, ich müsste sonst warten, bis die Schwestern mit den Arbeiten im OP fertig wären. Mir konnte das nur recht sein.

Ich wollte so schnell wie möglich in mein Bett. Mein Arm war verbunden, das übliche Sandsäckchen lag auf der Wunde.

Dr. Geißler schob mich in den Fahrstuhl, drückte auf den Knopf. Der Fahrstuhl setzte sich in Bewegung, kam nicht weit, dann blieb er stehen, stand zwischen der zweiten und ersten Etage. Dr. Geißler drückte den Alarmknopf. Das Haus war lange nach Feierabend leer. Er würde versuchen, aus dem Fahrstuhl auszusteigen, sagte er. Also stieg er auf meine Trage, reichte bis zur Decke. Dann löste er einige Bretter, stieg auf das Dach des Fahrstuhls. Von dort hangelte er sich hinauf in die zweite Etage. Er war gerettet, ich saß noch in der Falle. Er würde mich rausholen, versprach er, gab mir Anweisung, wie ich mich zu verhalten habe. Von der Trage sollte ich auf den Fahrstuhl klettern, von dort würde er mich hinausziehen.

Zwar hatte der Doktor Mühe, mich in die Freiheit zu hieven, aber es gelang. Damit war das Problem allerdings noch immer nicht gelöst. Meine Trage war im Fahrstuhl geblieben. Ich hatte, außer dem Operationshemd, nichts an. So ein Operationshemd gehört nicht zu den bevorzugten Kleidungsstücken einer Frau. Es ist kurz, der Rücken ist frei, lediglich durch ein Band im Nacken geknotet.

Keiner Frau würde es je einfallen, in einem OP-Hemd in die Öffentlichkeit zu gehen. Ich war nicht nur halb nackt, ich war auch barfuß. Das erschien auch dem Arzt ein wenig abenteuerlich. Er gab mir sein Jackett, seine Operationsschuhe. So stolperte ich ungeschickt über die Straße.

Die Leute blieben stehen, sahen uns verwundert an,

schlugen aber keinen Alarm. Die Geschichte machte in der Klinik ihre Runde. Man amüsierte sich, bescheinigte mir, eine mutige Frau zu sein. Damit war der letzte Beweis erbracht, dass die Charité dringend renoviert werden musste.

Ich blieb noch zwei Wochen auf der Station, dann durfte ich nach Haus. Wie verabredet, schickte mir Frau Dr. Albert den Befund. In dem Brief, den ich noch besitze, heißt es unter anderem: ... es habe sich eine Vergrößerung des Herzens nach rechts eingestellt, auch eine Schädigung des Myokards mit Rhythmusstörungen. Diese Befunde bedeuteten eine Verschlechterung des Herzleidens. Ich würde vorschlagen, dass Sie sich zur Behandlung wieder bei uns einfinden, zunächst intern und je nach Befund zur operativen Behandlung. Bitte schreiben Sie mir, ob es Ihnen recht ist, wir vereinbaren dann einen Termin. Überanstrengen Sie sich vor allem beruflich nicht.

Ich zeigte Erwin den Brief, wollte fair sein, wollte nicht, dass er aus einem ungenauen Ehrgefühl eine falsche Entscheidung trifft.

Es ist töricht, eine kranke Frau zu heiraten, sagte ich, bekanntlich ist eine kranke Frau wie ein Klotz am Bein. Es wäre vernünftiger, wir warten mit der Heirat, bis Klarheit über meinen Zustand herrscht.

Davon wollte er nichts wissen, er liebt mich, sagte er, ob ich krank oder gesund bin. Also heirateten wir.

Mein Brautstrauß war aus weißem Flieder, der Motorroller unsere Hochzeitskutsche. Unsere Hochzeitsreise ging in einem Paddelboot über die Elbe zum Beetzsee. Am Ufer schlugen wir unser Zelt auf, aßen Fische, die wir selber angelten.

Es dauerte, bis wir eine Wohnung bekamen, zogen in die Krügerbrücke. Unsere Wohnung, im Zentrum gelegen, war klein und gemütlich. Wir fühlten uns wohl, waren glücklich, bereuten keine Minute, diesen Schritt gewagt zu haben. In der Otto von Guericke Straße war nun Platz genug für Eltern und Schwestern.

Die Mädchen heiraten

Bald darauf gab es eine zweite Hochzeit. Elisabeth heiratete ihren Peter, die beiden hatten sich während ihres Studiums kennengelernt. Er war Ingenieur im Thälmann-Werk, Reise-Ingenieur, wie man es damals nannte, fuhr in jene Länder, in die das Thälmann-Werk Maschinen und Ausrüstungen geliefert hatte. Er reiste in kapitalistische Länder und in die Länder des RGW (Rat für Gegenseitige Wirtschaftshilfe).

Die Ehe der jungen Leute wäre normal verlaufen, hätte es nicht einen Störfaktor gegeben. Das war Peters Vater. Der Mann war Ingenieur von Beruf, ein besonders wichtiger Mann im Thälmann-Werk, eine gefürchtete Autorität. Er war prinzipienfest mit Moralvorstellungen, aus einem fernen Jahrhundert. Sein Credo: die Frau sei dem Mann untertan. Er praktizierte dies erfolgreich in seiner eigenen Ehe. Seine Frau war ein gütiger, wenn auch schwacher Mensch. Sie hatte nichts zu entscheiden. Der Alte gab seine Lebensphilosophie an den Sohn weiter.

Nun wäre das Verdikt des Alten ohne Bedeutung gewesen, wenn sie nicht gezwungen gewesen wären, im Haus der Schwiegereltern zu wohnen. Elisabeth wurde schwanger. Ein kleiner Peter meldete sich an. Für Elisabeth begann eine schwere Zeit. Sie war im Werk noch immer in der Einarbeitungsphase, wollte nichts verpassen, wollte nicht zu Hause bleiben. Sie wollte dem Baby eine gute Mutter sein und das hieß, es zu stillen. Unsere Mutter gab ihr recht, sie habe alle ihre fünf Kinder gestillt, darauf dürfe keine Frau verzichten.

Wie sollte sie es anstellen? Der Betrieb kam ihr entgegen, billigte ihr eine Stunde und dreißig Minuten Pause zu. Sie halbierte die Pause, lief um 10 nach Hause, dann wieder um 14 Uhr, stillte das Kind, rannte zurück in den Betrieb. Die Stimmung im Haus der Schwiegereltern drohte zu kippen. Der Schwiegervater ertrug es nicht, dass seine Schwiegertochter ein Kind zur Welt gebracht hatte und nicht zu Haus blieb. Es genügte eine Geringfügigkeit, das Fass zum Überlaufen zu bringen. Er warf Schwiegertochter und Baby raus.

Elisabeth fuhr mit dem Kleinen in die Otto von Guericke Straße. Unsere Mutter war sofort bereit, das Kind aufzunehmen. Der kleine Peter blieb bei seiner Oma, bis er ein Jahr alt war und in die Krippe gebracht werden konnte. Elisabeth wollte ihre Ehe nicht belasten, kehrte in das Haus der Schwiegereltern zurück. Ihr Mann befand sich in einem Konflikt, einerseits liebte er seine Frau und seinen niedlichen kleinen Sohn, andererseits war er es gewohnt, seinem Vater zu gehorchen.

Elisabeth war aus einem anderen Holz. Die Erziehung im Elternhaus war auf Selbständigkeit und Toleranz gerichtet. Wir waren in einer harmonischen Welt groß geworden.

Elisabeth und Johanna waren selbstbewusste Mädchen, hatten gelernt, mit Männern umzugehen. Als Schlosserlehrlinge waren sie unter Männern, als Schlossergesellen waren sie unter Männern, während des Studiums waren sie unter Männern. Als Ingenieure waren sie unter Männern. Sie hatten inzwischen gelernt, sich in der Männerwelt zu bewegen. Der Konflikt zwischen Elisabeth und ihrem Schwiegervater war voraussehbar. Weder der Alte noch Elisabeth konnte sich von dem eigenen Rollenverständnis lösen. Dazu waren sie zu fest in ihren Anschauungen gebunden. Es gab nur eine Lösung, sie mussten getrennte Wege gehen. Die Erlösung nahte. Sie bekamen eine eigene Wohnung.

Damit begann für sie ein neues, ein freies Leben.

Ihr Mann war ein freundlicher Mensch, konnte charmant sein, und er war in jede Art von Technik verliebt. Immer ein wenig verspielt. Wir alle in der Familie mochten ihn. Ich glaube, er war nicht reif, eine Familie zu gründen.

Als der kleine Peter vier Jahre alt war, kam Andreas, ein zweiter Junge zur Welt, weitere vier Jahre kam Michael, der dritte Junge. Elisabeth meinte mitunter: Ich habe nicht drei, sondern vier Kinder. Ihre Ehe hielt nur 15 Jahre.

Elisabeth sorgte nun allein für ihre drei Söhne. Am Abend packte sie die Brottaschen für die Kinder. Um fünf Uhr stand sie auf, weckte die Kinder, zehn Minuten nach Sechs verließen sie das Haus. Peter hatte ihr den Trabant überlassen. Sie brachte Peter in die Begabtenschule für Mathematik und Physik, dazu musste sie durch die ganze Stadt fahren. Andreas konnte allein zur Schule gehen, die war zum Glück in der Nähe. Den Jüngsten brachte sie in den Sprachheilkindergarten, der ganz woanders lag. Wenn sie ihre Kinder verteilt hatte, flitzte sie ins Thälmann-Werk, das an einem anderen Ende der Stadt lag. Ihre Arbeit begann um mörderische 6 Uhr 30. Elisabeth und ihr Mann blieben nach der Scheidung freundschaftlich verbunden. Keiner der beiden ging eine neue Ehe ein. Auch die Söhne waren im ständigen Kontakt zu ihrem Vater. Er starb im März 2002 an Krebs.

In Magdeburg gab es eine aktive Studentengemeinschaft der katholischen Kirche. Johanna ging regelmäßig hin, machte intensive Erfahrungen mit Literatur. Sie lernte Bücher kennen, die in der DDR nicht verlegt wurden. Bücher waren wichtig für sie und sie sind es heute noch. Wichtiger als Bücher war ihr damals ein junger Mann, Dietmar, Student der Hochschule für Schwermaschinenbau. Sie trafen sich häufig in der Studentengemeinde, gingen auch ins Kino, vielleicht sogar tanzen. Dietmar schloss sein Studium mit dem Diplom ab, arbeitete später als Verfahrenstechniker im Karl-Marx-Werk.
Johanna und Dietmar heirateten, wohnten zunächst in der Wohnung der Eltern in der Otto-von- Guericke-Straße, bekamen später eine Wohnung im gleichen Haus. Ein Mädchen kam zur Welt, sie nannten es Susanne, später kam ein Junge, dem sie den Namen Christoph gaben. Nach der Geburt der Tochter und der üblichen Pause, kehrte Johanna ins Thälmann-Werk zurück, war nun im Ingenieurbereich für komplette metallurgische Anlagen zuständig.

Die Silberhochzeit haben Dietmar und Johanna längst hinter sich, sie sind jetzt 47 Jahre zusammen und immer noch glücklich, steuern selbstbewusst dem nächsten Jubeltermin entgegen.

Eine unappetitliche Geschichte

Ich habe lange überlegt, ob ich mir das antun und die unerfreuliche Geschichte mit der Staatssicherheit erzählen soll. Wenn ich es tue, bereitete ich mir selbst schlaflose Nächte. Die Geschichte hat mich tief getroffen. Ich bin nicht cool, nicht stark, wie manche denken. Dann dachte ich, es ist schließlich ein Teil meines Lebens, seelische Abstürze gehören dazu, und außerdem ist es ein Stück Zeitgeschichte.

Wir hatten uns in unserer kleinen Wohnung in Magdeburg gemütlich eingerichtet, waren glücklich miteinander, hatten unsere Freunde, meine Familie, die mir sehr am Herzen lag. Wir machten Reisen, waren oft bei den Schwiegereltern in Brandenburg. Die Arbeit in der Magdeburger Volksstimme machte mir Spaß, ich war so gern in dieser Redaktion. Bei uns stimmte alles zu unserem Glück. Es konnte so weitergehen bis ans Ende unserer Tage. Aber es ging nicht so weiter.

Eines Tages erhielt Erwin den Auftrag, nach Cottbus zu gehen, dort die Leitung der Kriminalpolizei zu übernehmen. Der Bezirk Cottbus spielte damals in der Republik eine besondere Rolle. Er war zum Zentrum der Energiewirtschaft geworden. Es gab die Kraftwerke Boxberg, Lübbenau, Vetschau, Jänschwalde. Die Schwarze Pumpe wurde zum überlebensgroßen Unternehmen der Gasgewinnung ausgebaut. Der Tagebau breitete sich aus, hübsche, kleine Dörfer verschwanden von der Bildfläche. Das heißt, Wirtschaftsfachleute, Arbeiter, Ingenieure, Techniker kamen in den Bezirk. Die Stadt Cottbus, bis dahin eine niedliche Kleinstadt, mutierte zur Großstadt.

Die Einwohnerzahl stieg von 60.000 auf 120.000. Eruptionen dieser Art bringen Probleme mit sich. Eine Stadt mit einer gewachsenen Bevölkerung ist in sich stabil, anders eine Stadt, die in der Mehrheit aus Zugezogenen besteht.

Fremde bringen Farbe in den Alltag, aber auch Unruhe. Fremde haben andere Wertvorstellungen, sind nur lose mit ihrer neuen Heimat verbunden, eines Tages ziehen sie weiter auf eine andere Großbaustelle. Da wo hohe Löhne gezahlt werden, wo der Alltag aus Provisorien besteht, wird das Leben abenteuerlich, Goldgräberstimmung entsteht. Die Kriminalität steigt, auch Gewalttaten. Um diese Prozesse zu steuern, brauchte man einen Mann, der Erfahrung in der Verbrechensbekämpfung hat, durchsetzungsfähig ist, organisieren kann und Jurist ist. Das waren die Gründe für seine Versetzung.

In der Ottilienstraße in Cottbus sollten wir eine Neubauwohnung bekommen. Ich war damit zufrieden. Dann geschah etwas Merkwürdiges. Wir kamen mit unseren Möbeln in Cottbus an, durften aber nicht in unsere Wohnung, obwohl sie bezugsfertig war. Unsere Möbel landeten auf einem Speicher. Wir zogen in ein möbliertes Zimmer, wohnten zur Untermiete bei einer Familie in der Kurt-Pavel-Straße. Es dauerte ein paar Wochen, bis wir in unsere Wohnung ziehen konnten. Niemand wusste, was hinter dieser Geschichte steckte. Erst nach der Wende erfuhren wir es aus unserer Stasi-Akte.

Die Hauptverwaltung VII/1/A des MfS hatte am 28.07.1960 festgelegt: „Vor Einzug in die Wohnung der Kleine, ist die Technik einzubauen und die Postkontrolle einzuleiten." In einem Bericht der Hauptverwaltung VII/1 der Staatssicherheit mit der Registriernummer

000105 und 000106 wird auf zwei Seiten erklärt, warum die Verzögerung eingetreten ist, warum die Installation der Technik (Abhöranlage) Schwierigkeiten machte. Es heißt da wörtlich: „Am Dienstag, den 20.09.1960 konnte die Abteilung VII Cottbus, Gen. Schröder, feststellen, welche Wohnung Kleine in der Ottilienstraße erhält. Der Genosse Eggersberg, Abt. 26 Cottbus, erhielt davon sofort Kenntnis. Er besichtigte die Wohnung am Freitag, den 23.09.1960. Er stellte dabei fest, in diesem Neubau liegen die elektrischen Leitungen ohne Schläuche im Putz."

Das also war die technische Schwierigkeit, die behoben werden musste. Als das geschehen war, die Abhöranlage installiert war, durften wir einziehen. In einem Maßnahmeplan wird Genosse Koalik, Leiter der Operativ-Gruppe beauftragt, die Mieter, die in der Wohnung über und unter uns wohnten, für eine IM-Tätigkeit anzuwerben.

Solange wir in der Ottilienstraße wohnten, es waren immerhin zehn Jahre, wurden alle Gespräche abgehört, aufgeschrieben und weitergeleitet. Selbst die harmlosen Unterhaltungen mit meiner Mutter, meinen Schwestern, wurden registriert. Als ich jetzt die Protokolle las, war mir, als unterhielte ich mich mit meiner toten Mutter. In meiner Akte fand ich die Skizze unserer Wohnung, in die die Verstecke der Wanzen eingezeichnet waren. Sie steckten nicht nur in der Küche, auch im Wohnzimmer und sogar im ehelichen Schlafzimmer.

Mein Magdeburger Chefredakteur hatte mich dem Chefredakteur der Lausitzer Rundschau, Robert Wraßmann, ans Herz gelegt. Ich wurde Kulturredakteur der Lausitzer

Rundschau. Noch bevor ich dort anfangen konnte, vermerkte Stasi-Leutnant Schröder: „Am heutigen Tag, dem 9.10., wurde mit dem Genossen Fritsche von der Abtlg. V Rücksprache über die Kleine genommen. Er wurde beauftragt, einen geeigneten IM an die Kleine anzusetzen, um in Erfahrung zu bringen, welchen Umgang die Kleine in Cottbus hat, welche Personen in ihrer Wohnung verkehren. Alle Berichte über die Kleine sind der Abtlg. V zu übergeben."

Wenige Tage später stellte man in einer Aktennotiz fest: „Frau Kleine nimmt am 15.10.1960 in der Lausitzer Rundschau die Arbeit auf. Laut Angaben des Genossen Kaps ist die Abteilung V dort gut durch IM Christa, IM Paul und IM Heidi verankert, Frau Kleine wird ab sofort durch die Abteilung V unter Kontrolle gehalten."

Ich weiß nicht, wer IM Heidi, IM Paul, IM Christa waren, will es auch nicht wissen.

Im Sommer machten wir Urlaub in Mamaia. Für die Leute von der Staatssicherheit war das eine suspekte Angelegenheit, vielleicht glaubten sie, wir führen zu einem konspirativen Treff. Jedenfalls schickten sie einen Spitzel mit, der uns am Flugplatz Schönefeld mittels Fotografien aufspürte. Dieser Mensch folgte unseren Schritten, ließ uns nicht aus den Augen.

Wir waren mit einem befreundeten Ehepaar aus Magdeburg verabredet. Der Mann war Leiter der Mordkommission, wir konnten ihn und seine Frau gut leiden, er war ein sanfter Typ, seine Frau dagegen lustig und temperamentvoll. Wir ulkten, lachten, amüsierten uns, polemisierten und hatten viel Spaß. Für den Spitzel war es sicher schwer zu begreifen, was hinter unseren Späßen steckte. Die Berichte lesen sich heute wie das Gerede zeitweilig geistig Gestörter.

In der Akte fand ich ein Blatt der Hauptverwaltung VII/1/A mit der Registriernummer 000044 vom 28.07.1960. Mir blieb vor Entsetzen das Herz fast stehen. Wörtlich heißt es in der Notiz: „Als Ziel der weiteren Bearbeitung wird festgelegt: Nachweisen, dass Kleine ein Feind ist und als solcher entlarvt werden muss. Mit allen Mitteln muss eine Desertion bzw. Republik-Flucht verhindert werden. Geeignete GI sind heran zu schleusen, die ehrlich und gewissenhaft berichten."
Ist das zu begreifen? Man hatte tatsächlich vor, Erwin zu liquidieren. Ich fasse es nicht, habe es bis heute nicht begriffen. Unsere Akte umfasst etwa 1.000 Seiten. Es steht viel Unsinn drin, über Manches kann man lachen, so albern und ineffizient ist es. Aber ein solcher Satz lässt das Blut in den Adern gefrieren.
Warum wollte man Erwin vernichten? Warum gerieten wir vom ersten Tag unserer Bekanntschaft an in dieses tödliche Visier?
Erwin war ein erfolgreicher Kriminalist. Als er nach Cottbus ging, hinterließ er keinen unaufgeklärten Mord.
Das ist eine ungeheure Leistung. Die Aufklärungsquote war hoch, überdurchschnittlich hoch. Er arbeitete unermüdlich und gewissenhaft. Was also veranlasste die Staatssicherheit, einen solchen Mann unschädlich zu machen?
Dafür, glaube ich, gab es zwei Gründe. Der eine Grund war die unorthodoxe Art von Erwin, über politische Ereignisse zu reden. Er war Realist, kein Phrasendrescher, auch kein Träumer. Seine Einschätzung der Unruhen 1956 in Ungarn entsprach nicht der offiziellen Lesart, ebenso seine Einstellung zu den Unruhen in Prag 1968.

Die Ursachen für die ausufernde Republikflucht suchte er im eigenen Land. Das brachte ihn selbst an den Rand des Abgrunds.

Dazu kam die Arroganz der obersten Parteiführung, die er für ein gefährliches Zeichen hielt. Es beunruhigte ihn, dass sie sich immer weiter vom Volk entfernte. Ein Feind des Sozialismus war er nie. Im Gegenteil, er war davon überzeugt, dass der Sozialismus die einzig mögliche Gesellschaftsform ist, in der es gerecht zugeht.

Er hatte, wie man so sagte, eine lupenreine Kaderakte. Sein Vater war Stahlarbeiter und Abgeordneter der Kommunistischen Partei. Die Mutter verwaltete die Kasse des Rot-Front-Kämpferbundes. Sie rettete die Kasse vor dem Zugriff der Faschisten durch einen mutigen Streich. Die Familie emigrierte 1933, als Hitler an die Macht kam, nach Holland. Nach der Befreiung stellte sich Erwin sofort in den Dienst des Wiederaufbaus. Und trotzdem, trotzdem sah man in ihm den Feind, versuchte alles, ihn zu vernichten. Wenn es ihnen gelungen wäre, wäre er verurteilt worden, man hätte ihn eingesperrt. Das hätte er nicht verkraftet. So etwas verträgt kein Mensch. Ohne Frage, er wäre im Zuchthaus umgekommen.

Ein anderer Grund für die hasserfüllte Verfolgung war möglicherweise seine Freundschaft zu Wolfgang Schreyer, dem Schriftsteller. Für sein Buch Großgarage Süd-West hatte er ein Nachwort geschrieben. Das Buch wurde ein großer Erfolg. Schreyer machte eine seiner verrückten Partys, an der wir natürlich teilnahmen. Um herauszukriegen, ob Erwin mit Schreyer in konspirativer Verbindung steht, (offensichtlich hielt man den Schriftsteller auch für ein „gefährliches Subjekt"), versuchte man trickreich, Erwin und Schreyer zusammenzubringen. Die Staatssicherheit kam auf die Idee, Schreyer zu einer

Buchlesung nach Cottbus zu locken. Sie versteckte sich hinter der unverdächtigen Gesellschaft für Deutsch Sowjetische Freundschaft, veranlasste diese, den Verlag Kultur und Fortschritt zu bitten, Wolfgang Schreyer einzuladen.

In meiner Akte fand ich den putzigen Schriftwechsel zwischen den beiden Institutionen. Kreissekretär Bigos von der Deutsch-Sowjetischen Freundschaft schrieb tatsächlich an Lachewitz vom Verlag Kultur und Fortschritt. Der erteilte ihm eine Absage, Schreyer hätte in seinem Verlag nicht publiziert, er habe also keine Handhabe, ihn einzuladen. Schreyers Verlag sei Das Neue Berlin.

Der Deal kam nicht zustande, ein Glück für Erwin und für Wolfgang Schreyer.

Nach der Wende versuchten ein paar Leute, eine Aktion gegen mich zu starten. Sie behaupteten, ich wäre IM gewesen, ausgerechnet ich!

Beweise hatten sie nicht. Wäre es nicht besser gewesen, jene IMs ausfindig zu machen, die mir das Leben schwer gemacht hatten, anstatt eine würdelose Kampagne zu inszenieren? Inzwischen habe ich mich mit ihnen ausgesöhnt. Sie waren Opfer einer Finte geworden.

Das Haus in der Ottilienstraße

Ich weiß nicht, ob sich einer der Hausbewohner bereitgefunden hatte, uns, wie es der Staatssicherheit genehm gewesen wäre, zu bespitzeln. Nein, ich bin sicher, dazu hatte sich keiner hergegeben. In dem Haus lebten nette, aufrichtige, arglose Leute, die sich gegenseitig halfen, sich vertrugen. Nie gab es Ärger, Neid oder Streit. Wir waren eine vorbildliche Hausgemeinschaft, hätten ohne Weiteres das Modell für die zehn Gebote der sozialistischen Moral abgeben können. Die waren damals Programm. Bedauerlicherweise hat sich kaum einer daran gehalten.

Wenn eine Wahl anstand, also wenn die Kandidaten der Nationalen Front zu wählen waren, trabten wir gemeinsam los und anschließend zum Frühschoppen. Klein-Ute sprang fröhlich durchs Haus und schrie: Wie gut schmeckt dir der Sonntagsbraten, hast du gewählt die Kandidaten.

Das Haus hatte vier Etagen, auf jeder Etage wohnten zwei Familien. Die Waschküche war im Keller. Waschmaschinen hatten noch Seltenheitswert. Die Wäsche trockneten wir im Garten, es war ein ästhetischer Genuss, die nach Sonne duftende Wäsche von der Leine abzunehmen.

In der Wohnung unter uns wohnte ein Weltmeister, ein Weltmeister im Kunstflug. Seine Frau nörgelte lange an ihm herum, er solle sie doch einmal zu einen seiner verrückten Flüge mitnehmen. Er tat es, flog ein Programm, das gruseliger nicht sein konnte, mit Looping, Sturzflug, Pirouetten und was ein Weltmeister sonst noch so drauf hat. Dabei mochte er gedacht haben, das reicht ihr hoffentlich, sie wird nie wieder fliegen wollen, war überzeugt, sie würde bleich und verwirrt aus dem Flugzeug klettern, statt dessen sagte sie strahlend: So und jetzt möchte ich Fallschirmspringen.

Das Ehepaar hatte zwei Kinder. Das Mädchen studierte Tanz an der Palucca-Schule, wurde Tänzerin am Stadttheater, der Sohn studierte Jura.

Das Schicksal der Familie, die über uns wohnte, berührt mich heute noch, fast fünfzig Jahre später. Der Mann war als kleines Kind mit seiner jüdischen Mutter in das Konzentrationslager Theresienstadt verschleppt worden. Die Mutter dachte in den schrecklichen Jahren an nichts anders, als daran, ihren kleinen Sohn zu retten. Am eigenen Leben war ihr nicht gelegen, wenn nur der Sohn am Leben blieb. Mutter und Sohn überstanden die Leiden, kamen nach Deutschland zurück. Der Sohn studierte, wurde Ingenieur, und als die Zeit reif war, heiratete er eine hübsche, fröhliche Frau, Laborantin von Beruf.

Die Mutter beschwor den Sohn, keine Kinder in die Welt zu setzen. Die Qualen im KZ, die angstvolle Sorge um das Kind, konnte sie nicht vergessen. Der Sohn versprach es seiner Mutter. Seine Frau aber wollte Kinder, sie wollte nicht nur eins, sie wünschte sich zwei oder drei. Nach schweren Kämpfen beugte sie sich und willigte ein. Dann wurde der Mann nach Berlin versetzt, bekam nicht sofort eine Wohnung, zog zur Untermiete in ein möbliertes Zimmer.

Die Vermieterin war eine junge, gutaussehende, einsame Witwe. Es geschah, was abzusehen war. Die junge Witwe bekam ein Kind von ihrem Untermieter. Der wurde zum glücklichsten Menschen. Ein Kind zu haben, erschien ihm nun als die größte, schönste Erfüllung. Er trennte sich von seiner Frau. Die verstand die Welt nicht mehr, war nun nicht mehr fröhlich, nicht mehr gut gelaunt, sie war auch nicht mehr nett, sie wurde krank, starb einsam an ihrem betrogenen Leben.

In unserem Haus gab es eine Familie, die für mich von Bedeutung werden sollte. Die Frau war Krankenschwester, der Mann Schlosser. Das Paar hatte fünf Kinder. Mit ihnen verstanden wir uns besonders gut. Die Kinder waren lieb, klug, gut erzogen. Kinder wie aus einem Bilderbuch.

Eines Tages kam die Frau zu mir, sie war bedrückt, auch ein wenig ratlos. Sie sei schwanger, sagte sie, ein sechstes Kind, das ginge über ihre Kraft, den Beruf wolle sie nicht aufgeben. Ein Haushaltstag im Monat reiche nicht. Sie wisse nicht, was sie machen solle, erwäge deshalb eine Unterbrechung.

Ich beschwor sie, es nicht zu tun, redete auf sie ein, fast täglich suchte ich das Gespräch mit ihr. Vielleicht kam sie selbst zur Vernunft, vielleicht hatten meine Beschwörungen Wirkung gehabt. Sie brachte das Kind zur Welt. Es war ein Mädchen. Sie nannten es Franziska. Es wuchs heran, war lieb und folgsam und intelligent wie seine Geschwister.

Sehr viel später, die Verhältnisse hatten sich geändert, die Mauer war gefallen, wir wohnten längst nicht mehr in der Ottilienstraße, sahen uns nur noch gelegentlich. Da sah ich mich veranlasst, den Canossa-Weg einzuschlagen, ich musste zur BfA, meine Rente überprüfen zu lassen. Sie war erbärmlich niedrig, davon konnte selbst ein Lebenskünstler nicht existieren.

Von einem langen Gang aus führten Türen in die Büros. Ich hatte mich in Zimmer Nr. 48 zu melden. Ich traute meinen Augen nicht, hinter dem Schreibtisch saß Franziska. Wir freuten uns über das unverhoffte Wiedersehen. Franziska nahm sich meiner Sache an, legte Widerspruch gegen den Bescheid ein. Daraufhin wurde die Rente erhöht. Franziska war sicher, dass die Berechnungen nicht stimmten. Wieder legte sie Widerspruch ein, wieder kam eine Erhöhung zustande und wieder waren es falsche Berechnungen.

Franziska kämpfte kompetent, unerbittlich und mit Gelassenheit um meine Rente. Sie gewann, endlich bekam ich die richtig berechnete Rente.

Am Ersten eines jeden Monats geh ich zur Sparkasse, hole meine Rente, denke dabei immer an Franziska.

Gelegentlich setze ich mich in die Straßenbahn, fahre zum Haus in der Ottilienstraße. Erinnerungen werden wach. Ich lese die Namensschilder an der Haustür. Von denen, die einst hier wohnten, ist keiner mehr da.

In der Charité

Ich gehöre zu den Menschen, die, wenn sie Symptome einer pathologischen Unebenheit in ihrem Körper feststellen, nicht ängstlich grübeln, sondern abwarten, was sich und wie sich das Fremde im Körper entwickelt. Vielleicht besitze ich zu wenig Phantasie, mir bedenkliche Krankheitsverläufe vorzustellen und über geheimnisvolle Signale des Körpers nachzudenken. Manche Krankheit, die uns heimsucht, hat psychosomatische Ursachen, darüber nachzudenken lohnte sich. Gelegentlich gehe ich zum Arzt, höre ihm zu und mache, was er mir rät.

So war es in der Charité. Frau Dr. Albert erklärte mit gebotener Zurückhaltung, ich hätte eine Mitralstenose, auf gut Deutsch, eine der beiden Herzklappen, die Mitralis, habe sich verengt, ließe nur ungenügend Blut durch, was die Versorgung mit Sauerstoff negativ beeinflusse.

115

Ein Prozess, der sich fortlaufend verändern würde und zwar nicht zum Guten. Den Defekt zu reparieren, hieße operieren. Wenn sich der Patient vor den Risiken einer solchen Unternehmung ängstigt, sie gar ablehnt, stünde ihm der sichere Tod ins Haus. Das war die Quintessenz einer monatelangen, peniblen Untersuchung.

In den Jahren um 1960 herum befand sich die Herzchirurgie der DDR in den Kinderschuhen. Die Charité, als ausgewiesene Superklinik, scheute sich, Operationen am offenen Herzen vorzunehmen.
Um den Patienten zu helfen, fand man eine praktikable, wenn auch teure Notlösung. Der Patient wurde in der II. Medizinische Klinik der Charité vorbereitet, danach in eine Klinik in Westberlin gebracht. Ich glaube, es war das Westend-Krankenhaus. Dort fand die Operation statt, danach brachte man den Patienten zur postoperativen Behandlung in die Charité zurück.
Als ich in die Charité kam, hatte sich die Situation positiv verändert.

Die Herzchirurgie hatte sich entwickelt, man war so weit, im eigenen Haus operieren zu können. Und ausgerechnet ich sollte der erste Patient sein.

Vielleicht fungierte ich als eine Art Versuchskaninchen? Ich hatte nichts dagegen. Einer musste schließlich der Erste sein. Die Vorbereitungen zogen sich hin, man wollte Risiken von vornherein ausschalten. Ich ließ alle Untersuchungen mit stiller Ergebenheit über mich ergehen. Dr. Albert vergaß nie, mich über die Art und den Zweck der Untersuchung aufzuklären. Sie teilte mir auch stets das Ergebnis mit. Heute findet diese Art der diagnostischen Aufklärung nur, wenn man Glück hat statt, es sei denn, man ist Privatpatient. Der Kassenpatient muss um Aufklärung kämpfen. Damit macht er sich zwar unbeliebt, aber das sollte ihm egal sein.

Zu jener Zeit bereitete man einen Kardiologen-Kongress vor. Es bot sich geradezu an, die erste Operation am offenen Herzen live in den Hörsaal zu übertragen. So wurde mein Herz zum Hauptdarsteller.

Bei einer morgendlichen Visite sagte Dr. Albert zu mir: Richten Sie sich darauf ein, dass Sie nach der Operation eine Weile nicht arbeiten dürfen.

Wie lange etwa? fragte ich.

Ein Jahr vielleicht, wenn es keine Komplikationen gibt.

Ich sollte ein Jahr zu Hause bleiben, nicht arbeiten dürfen. Ob ich das wohl aushalten würde. Und was wird man in der Redaktion dazu sagen? Kaum hatte ich angefangen, schon fiel ich wieder aus. Ich fühlte mich, als hätte ich die Krankheit selbst verschuldet. Die Rundschau sollte nun auch noch Krankengeld zahlen. Ich dachte, die haben einen schlechten Fang mit mir gemacht.

Aus einem diffusen Gefühl von Schuld und Solidarität, kündigte ich meinen Arbeitsvertrag. Mein Mann schüttelte ungläubig den Kopf über so viel Dummheit. Er sagte: Das ist doch hoffentlich nur eine zeitweilige geistige Verwirrung.

Ich bekam kein Krankengeld, bekam überhaupt nichts. Ein ungewohnter Zustand. Die Fahrten zu den Kontrolluntersuchungen in die Charité zahlte die Kasse, die Medikamente waren kostenlos. Und trotzdem war ich erleichtert, ich hatte nun nichts mehr mit der Lausitzer Rundschau zu tun. Wohl gefühlt hatte ich mich dort nicht. Es war so ganz anders als in der Magdeburger Volksstimme, dort herrschte eine Atmosphäre, die einen dazu brachte, sich auf die Arbeit am nächsten Tag zu freuen.

Meine unguten Gefühle waren die Vorahnung auf eine Affäre, die ihren Ausgang in der Rundschau nehmen sollte. Sie brachte mich an den Rand meiner physischen und psychischen Existenz. Noch ahnte ich nichts von dem Verhängnis, das mir drohte. Ich war mit mir und der Vorbereitung zur Operation beschäftigt. Der Termin stand nun fest. Ich konnte mein Köfferchen packen, mich von meinen Freunden verabschieden, zu meinem Mann in den Trabant steigen und nach Berlin fahren.

In der Charité umgab man mich mit besonderer Sorgfalt. Der Arzt, der sich meiner widerspenstigen Klappe annehmen wollte, war Prof. Felix. Ein bekannter, hochgeschätzter Mann. Seine Meriten hatte er sich bei einem ganz Großen verdient, bei Professor Ferdinand Sauerbruch, dem Titanen der modernen Thoraxchirurgie.

Prof. Sauerbruch starb 1951 in Berlin. In der Charité hatte er eine eigene Station. Die amtierende Oberschwester stammte aus seiner Truppe. Sie wurde nicht müde, von ihm zu erzählen. Wenn ich mich nicht irre, praktizierte auch sein Sohn dort. Ich kam auf diese Luxus-Station. Sie war eigentlich nur für bedeutende Leute gedacht.

Ein paar Zimmer weiter lag zu diesem Zeitpunkt Walter Felsenstein, der legendäre Intendant und Regisseur der Komischen Oper. Irgendjemand hatte ihm erzählt, auf der Station läge eine Frau, die einer riskanten Operation entgegensieht. Vielleicht war Felsenstein ein guter, mitfühlender Mensch, der Mitleid mit einer Fremden hatte.

Er ließ mir sagen, ich könnte, wenn ich wollte, in die Komische Oper gehen, dort fände eine Matinee der Thomaner statt. Das Konzert sei zwar ausverkauft, er würde dafür sorgen, dass ich eine Karte bekäme.

Und so kam es, dass ich in einer Intendantenloge sitzen durfte. Ich kam mir wie ein Hochstapler vor, hielt allen abschätzenden Blicken stand, aber genoss das Konzert aus vollem Herzen.

Drei Tage vor der Operation, es war ein Samstag, setzte sich der Narkosearzt an mein Bett. Wir redeten über Dinge, über die man mit einem Narkosearzt so reden kann. Bevor er ging, sagte er: Morgen ist Sonntag, wenn Sie wollen, können Sie am Nachmittag ins Café oder sonst wohin gehen. Das ließ ich mir nicht zweimal sagen.

Am Abend vor der Operation saß er wieder an meinem Bett.

Na, fragte er, wo sind Sie gewesen?

Ach Herr Doktor, das erraten Sie nie, sagte ich.

Kino?

Nein.

Zirkus Barlay? (Den gab es damals in der Friedrichstraße.)

Nein.

Wo waren Sie dann?

In der Chaussee-Straße, auf dem Dorotheen Städtischen Friedhof, am Grabe von Bertolt Brecht. Ich dachte mir, wenn ich morgen auf dem Tisch bleibe, treffe ich ihn vielleicht im Himmel. Was soll er von mir denken, und wie soll ich ihm erklären, nie an seinem Grabe gewesen zu sein?

Die Operation gelang.

Ich blieb nicht auf dem Tisch. Ein Arzt erklärte mir, wie

die Operation verlaufen ist. Wir haben Ihre Herzklappe gedehnt.

Wie geht so etwas vor sich? fragte ich.

Der Operateur tastet sich mit dem Finger in die Herzklappe und weitet sie.

Und wie kommt er an mein Herz?

Sie liegen in Seitenlage auf dem Operationstisch. Der Brustraum wird vom Brustbein bis zur Wirbelsäule geöffnet. Die Rippen werden gespreizt. Das werden sie später an der Narbe sehen, wenn der Verband weg ist. So kommt man ans Herz.

Dann bin ich also wieder gesund?

Der Arzt zögerte. Na ja, sagte er, es besteht die Gefahr, dass sich die Klappe wieder schließt.

Kann man das nicht verhindern?

Nein.

Und was geschieht dann?

Dann kommen Sie wieder her und wir machen dasselbe noch einmal.

Wann denn?

Na, sagen wir mal in zehn Jahren.

Und bis dahin?

Bleiben Sie in Behandlung, wir lassen Sie nicht mehr aus den Fängen, regelmäßige Kontrolle ist Pflicht.

Großer Gott, da habe ich mir ja was eingehandelt.

Das neue Leben

Aus einem Strudel in die Stille einer kleinen Wohnung am Rande der Stadt heimzukehren, ist schwer. Der Übergang ist schmerzhaft. Eine Gewöhnung findet nicht statt. Man kann sich einreden, krank zu sein, dann wird man es auch. Ich fühlte mich aber nicht krank. Die Wunde war längst geheilt. Einmal im Monat ging ich zu meinem Hausarzt, wir plauderten, er prüfte den Blutdruck, dann ging ich wieder. Ich hatte nichts zu tun. Ein solches Leben zu leben, kostet Kraft. Ich bin kein Oblomow. Der „klassische Faulpelz" hatte wenigstens eine Philosophie des Nichtstuns. Ich hatte nur Langeweile.

An einem Zeitungskiosk entdeckte ich eines Tages ein Heft der Reihe „Blaulicht" vom Verlag Das Neue Berlin, eine Kriminalerzählung von zirka sechzig Seiten. Ich kaufte es, las es, hatte das ungenaue Gefühl, was der kann, kann ich auch. Ich holte meine Erika-Schreibmaschine aus dem Schrank, fing an zu schreiben.

Bald merkte ich, es war nicht so einfach, eine Erzählung zu schreiben, ich hatte nie etwas geschrieben, was länger war als eine Zeitungsseite, etwa zehn Manuskriptseiten, ein dreispaltiges Foto abgerechnet.

Schreiben konnte zur therapeutischen Maßnahme werden. Doch insgeheim hoffte ich, die Geschichte könnte vielleicht doch gedruckt werden. Ich wusste zwar, wie es in den Verlagen aussah. Die Lektoren wurden von Manuskripten erschlagen. Deshalb hielten sich meine Illusionen in Grenzen. Ich wusste von den jungen Autoren in Magdeburg, wenn man von einem Verlag zur Kenntnis genommen werden will, tut die Empfehlung eines bekannten Schriftstellers Wunder. Ich kannte ein paar Autoren, sie waren inzwischen Berühmtheiten geworden, hatten sich von mir, kleinem Zeitungsschreiber, weit entfernt. Am ehesten hätte ich noch Wolfgang Schreyer gebeten, aber auch das ließ ich sein. Um keinen Preis hätte ich mich einem huldvollen Lächeln aussetzen wollen.

Ich dachte, entweder ich schaffte es aus eigener Kraft oder ich lasse es. Als die Geschichte fertig war, ich glaube, sie hieß: Zwei weiße Orchideen, las ich sie wieder und wieder, fand, sie war nicht besser und nicht schlechter als die anderen, die ich bisher gelesen hatte.

Also ging ich zum Postamt, dort lagen damals noch die Telefonbücher aller Bezirke der Republik aus, fand die Adresse des Verlages Das Neue Berlin. Er residierte, glaube ich, in der Kronenstraße, ich schrieb ein freundliches Brieflein und schickte das Manuskript ab. Von da an brach eine schlimme Zeit für mich an. Schon am Morgen stand ich am Fenster, wartete auf den Briefträger, rannte zum Briefkasten. Die Unruhe stieg mit jedem Tag. Ich verordnete mir Gelassenheit. Gelassenheit, was für ein schönes, unschuldiges Wort, in ihm steckt harte Folter. Ich redete mir ein, die Antwort dürfe nie die Bedeutung eines Gottesurteils haben.

Nach Wochen, meine Gelassenheit war dahingeschmolzen, kam der erlösende Brief. Das Urteil war gefallen. Der Verlag schickte mir einen Vertrag, kündigte die Veröffentlichung an, die Auflage betrage 80.000 Exemplare, man bat, meine Bankverbindung mitzuteilen, damit das Honorar überwiesen werden könne.

Und man kündigte an, in Kürze würde sich eine Lektorin bei mir einfinden, mit der ich meine nächsten Arbeiten besprechen könnte.

Das ist mir nie wieder passiert, nie ging später die An-
nahme eines Manuskripts so reibungslos, so prosaisch
über die Bühne. Eine neue Zeit brach an. Ich hatte wieder Geld in der Tasche und eine Aufgabe.
Auch die längste Reise, sagt der Chinese, beginnt mit
dem ersten Schritt. Die weißen Orchideen waren der
erste Schritt auf eine Reise, die noch immer anhält. Ich
schrieb ein paar „Blaulicht Hefte", die genaue Zahl weiß
ich nicht mehr. Alles lief gut, besser konnte es nicht sein.
Ich hatte Zeit und Muße, niemand drängelte mich, mit
der Lektorin verstand ich mich gut, wir verstehen uns
heute noch gut. Und trotzdem wollte ich eines Tages
keine Hefte mehr schreiben. Ich hatte genug davon, wollte etwas anders ausprobieren. Was es zu entdecken gab,
hatte ich entdeckt.
Durch einen glücklichen Zufall stieß ich eines Tages auf
einen Kriminalfall, der in seiner gesellschaftlichen Bedeutung größer war als alles, was ich bisher geschrieben hatte. Ich dachte, das könnte ein toller Spielfilm werden.
Es war die Geschichte eines verheirateten Mannes, der
eine Geliebte hat, neben der Geliebten auch noch eine
Liebschaft mit seiner Sekretärin. Die wird eines Tages
schwanger. Er beichtet den Sündenfall seiner Geliebten.
Die will ihn fester an sich binden, verspricht zu helfen.
Aus heutiger Sicht eine simple Geschichte, nahezu ein
Klischee. Die Relevanz des Stoffes bestand in der gesellschaftlichen Stellung der Beteiligten. Die Frau war nicht
irgendeine Angestellte, sie war die Vorsitzende der Gewerkschaft in einem volkseigenen Betrieb, ihr Liebhaber
war der Direktor des Betriebes. Gemeinsam suchten sie
nach einer Lösung, sahen keinen anderen Ausweg, als die
schwangere Frau zu töten.

In den sechziger Jahren war die Geschichte deshalb brisant, weil es in der Kriminalliteratur keinen DDR-Bürger gab, der gemordet hätte. Die Mörder in den Krimis kamen aus dem Westen, waren alte Nazis oder der Mörder mordete im Auftrag des Klassenfeinds. Die Literatur der DDR hatte die heile Welt widerzuspiegeln, nicht die Wirklichkeit zu zeigen. Kein Autor hatte gewagt, das Diktum zu durchbrechen.

Der Direktor eines volkseigenen Betriebes plant keinen Mord und die BGL-Chefin führt ihn auch nicht aus. So etwas zu schreiben, gliche einer Todsünde. Aber gerade das reizte mich. Ich wusste ja, die Wirklichkeit sah anders aus. Im festen Glauben, dass es ein guter Film mit spektakulärer Wirkung wird, schrieb ich das Treatment, schickte es an die DEFA nach Babelsberg. Lange geschah nichts. Schon glaubte ich, mein Manuskript läge in einem der vielen DEFA-Papierkörbe, da kam ein Brief.

Es war kein amtliches Schreiben, es war ein Brief, den Käte R. mir schrieb. Sie sei Dramaturgin der DEFA, schrieb sie, habe das Treatment gelesen, wäre sehr angetan. In der Gruppe sei man allerdings der Meinung, ein Anfänger wäre nicht in der Lage, diesen diffizilen Stoff umzusetzen. Der Stoff berge politischen Sprengstoff, sein Vorteil, er könnte der DDR-Kriminalliteratur neue Möglichkeiten eröffnen. Das zu bewältigen, traue man mir nicht zu. Deshalb habe man einem erfahrenen Drehbuchautor den Stoff gegeben, man hoffe nun, ich würde den Stoff der DEFA verkaufen.

Demnächst bekäme ich eine Einladung in das Stadtbüro der DEFA, wo man mit mir verhandeln möchte. Sie akzeptiere nicht, dass man jungen Autoren keine Möglichkeiten biete. Sie habe schon einige Anfänger „sterben" sehen. Deshalb rate sie mir, an den entscheidenden Stellen des Gespräches NEIN zu sagen, auf das Geld zu verzichten, selbst die Geschichte zu schreiben. Sie wird bei der Beratung zugegen sein, bittet mich, ihren Brief nicht zu erwähnen.

Es kam, wie es kommen sollte, ich sagte an den entscheidenden Stellen NEIN, damit war der Fall erledigt.

Mord im Haus am See

Und so kam es, dass ich meinen ersten Roman zu schreiben begann. Goethe soll einmal gesagt haben, der erste Roman wäre nicht schwer. Der Schreiber ist unbefangen, geht unschuldig an den Stoff heran. Er hat keine Erfahrungen, die ihn belasten, keine Maßstäbe, keine Kriterien. Die Probleme begännen beim zweiten Buch.

Bei mir war es überhaupt nicht so. Ich plagte mich redlich, hatte gehörige Schwierigkeiten, war eher geneigt, Thomas Mann zuzustimmen, der da sagte: Der Schriftsteller ist ein Mensch, dem das Schreiben besonders schwerfällt.

Meine Lektorin machte den untauglichen Versuch, mir die Grundregeln beim Schreiben eines Romans beizubringen. Die handelnden Personen, sagte sie, müssen anders aus dem Roman rausgehen als sie reingegangen sind, sie haben eine Entwicklung durchzumachen. Im Verlauf der Geschichte habe sich ihr Charakter zu wandeln. Das Wichtigste aber sei, den Spannungsbogen über wenigstens 200 Seiten zu halten.

Es gab keinen Tag, an dem ich nicht an meinem Schreibtisch saß. Als das Manuskript fertig war, gab ich ihm den

125

Titel: Mord im Haus am See.

Kein ausgesprochen origineller Titel, er ist eher ein bisschen pausbäckig, außerdem auch zu lang, aber damals fiel mir nichts Besseres ein.

Im Verlag fürchtete man Schwierigkeiten mit der Zensur, die sich vornehm zurückhaltend Druckgenehmigungsstelle nannte. Zu unser aller Erstaunen ging das Manuskript ohne Beanstandungen durch, bekam einen Stempel und konnte in Druck gehen. Es war wie ein Wunder, und Wunder sollte man besser nicht erklären wollen.

Der Verlag druckte das Buch in einer Auflage von hunderttausend Stück. Fast alle Zeitungen nahmen es zur Kenntnis, rezensierten. Sogar die seriöse Fachzeitschrift NEUE JUSTIZ, die sich bis dahin nie um Kriminalliteratur gekümmert hatte, ließ sich herab, darüber zu schreiben.

Die meisten Besprechungen waren negativ, man warf mir Mancherlei vor, vor allem mangelnde politische Sensibilität. Herbert Warnke, Chef des FDGB, er kannte mich aus der Gewerkschaftszeitung, schrieb einen ärgerlichen Brief, der mit dem Satz endete: Das hätte ich nicht von dir gedacht.

Es gab aber auch ein paar Zeitungen, die aufatmend bekannten: Endlich kommt Realitätssinn in unsere Kriminalliteratur.

Jedes Buch hat sein eigenes Schicksal. Als bizarre Krönung einer unverhofften Karriere erlebte mein erster kleiner Roman etwas Ungewöhnliches. Er wurde plagiiert. Der Plagiator war ein Russe, er gab den Personen russische Namen, passte die Handlungsebene den heimischen Verhältnissen an und gab das Buch unter seinem

Namen raus. Er büßte dafür mit dem Verlust seiner Mitgliedschaft im Schriftstellerverband der Sowjetunion.

Brigitte Reimann, mit der ich mich, seit ich in Cottbus lebte, gelegentlich traf, hatte mir geraten, die Urheberrechte nur mit Einschränkung zu vergeben. Sie hatte Erfahrung mit Verlagen, deshalb folgte ich ihrem Rat. Das machte sich bezahlt. Der Militär-Verlag erwarb die Rechte, druckte 70.000 Exemplare, auch zwei Illustrierte brachten ihn als Fortsetzungsroman. Ein finnischer Verlag ließ ihn übersetzen, später kam noch ein ungarischer Verlag dazu.
Schließlich erwarb das Fernsehen die Film-Rechte mit dem Angebot, das Szenarium zu schreiben. Das lockte mich sehr. Den eigenen Stoff dramatisch umzusetzen, wen hätte das nicht mobil gemacht? Man wird übermütig, traut sich nun zu, die Fernsehwelt aus den Angeln zu heben. Auf gut Deutsch, ich wollte etwas Neues in den Fernsehkrimi einbringen, baute in die Handlung eine Frau als Kriminalkommissarin ein. Heute ist es ein alter Hut. Damals hatte es das nicht gegeben. Zum ersten Mal ermittelte nun eine Frau in einem Fernsehkrimi.
Marita Böhme spielte diese Rolle zusammen mit Peter Aust. Heute tummeln sich fast mehr Frauen als Männer in den Fernsehkrimis.
Für den Film fiel mir ein besserer Titel ein, er hieß: Ihr letztes Rendezvous.
Er wurde durchweg positiv aufgenommen, hatte eine erfreulich hohe Einschaltquote.

Als bestünde das Leben aus Stufen, die man zwar mühevoll, aber konsequent hinaufsteigt, betrat ich eine neue Ebene. Und wieder war es ein Brief, der mir eine neue

Möglichkeit bot. Der Brief kam von Käte R. jener mutigen DEFA-Dramaturgin. Sie habe die DEFA verlassen, schrieb sie, arbeite jetzt beim Fernsehen, beabsichtige, eine neue Reihe aufzubauen, die unter dem Titel stehen sollte: Der Staatsanwalt hat das Wort.

Sie würde sich sehr freuen, wenn ich bereit wäre, an dieser Reihe mitzuarbeiten. Sie bat mich um ein Gespräch. Wir trafen uns in ihrem schönen Haus in Köpenick-Wendenschloss.

Einen Tag lang sprachen wir über die neue Reihe. Es sollten keine üblichen Krimis werden, keine Morde, überhaupt keine Toten. Die Reihe sollte von Menschen handeln, die sich in einer Konfliktsituation befinden und sich für eine falsche Lösung entscheiden. Wichtig dabei ist, die Ursache des Fehlverhaltens zu untersuchen und darzustellen. Die aufregendste Frage im Leben eines jeden Menschen ist: Warum habe ich das getan, was hat mich dazu getrieben?

Die üblichen Krimis sind nach identischem Muster gestrickt. Man entdeckt eine Leiche. Die Mordkommission tritt an. Die Identität wird festgestellt. Die Spurensicherer sichern die Spuren. Das Umfeld des Opfers wird unter die Lupe genommen. Dabei ergibt sich schon ein Hinweis auf den Täter. Je nachdem, wie lang die Sendezeit ist, wird der Mörder sofort überführt oder erst nach ein paar Fehlgriffen. Filme dieser Art können unterhaltsam sein, wenn der Regisseur sein Handwerk versteht.

Käte R. verfolgte andere Interessen, ihr lag daran, gesellschaftliche Zusammenhänge transparent zu machen, soziale Probleme aufzugreifen, das Fehlverhalten von Ämtern und staatlichen Stellen bloßzulegen, das Versagen des Einzelnen, die Missachtung gesellschaftlicher

Normen. Die neue Reihe war dazu geeignet, ein ehrliches Bild vom Leben der Menschen in unserem Land wiederzugeben.

Käte war mit einem Mann verheiratet, der Professor der Rechtswissenschaft an der Humboldt Universität war. Er unterstützte ihre Idee, half, die Reihe durchzusetzen. Er verfasste die juristische Argumentation. Damit war Käte vor der misstrauischen Generalstaatsanwaltschaft sicher. Sie konnte allerdings nicht verhindern, dass ein Staatsanwalt Kommentator der Reihe wurde. Er war nicht nur überflüssig, sondern auch langweilig. Der Mann war didaktisch, ihm fehlte die intellektuelle Lockerheit, aber dafür war er von missionarischem Eifer getrieben.

Für mich begann eine neue Lebensphase. Die Arbeit wurde zum Abenteuer, war aufregend, anstrengend und interessant. Am Start waren wir drei Autoren, Inge Nössig, Gerhard Stübe und ich. Mein erster Staatsanwalt-Film hieß: Der Rosenkavalier. Ihm folgten ein Dutzend anderer Filme, nebenher schrieb ich ein paar Filme in der Reihe Polizeiruf 110.

In den langen Jahren unserer Zusammenarbeit war Käte für mich und die anderen Autoren unersetzlich. Sie war die beste Dramaturgin, die sich ein Autor, aber auch ein Sender wünschen konnte. Ihr war die Reihe, die großen Zuspruch und hohe Einschaltquoten hatte, ans Herz gewachsen. Sie kümmerte sich um alles, suchte den richtigen Regisseur, die richtige Besetzung, sie war auf Motivsuche unterwegs, saß tagelang in Gerichtsverhandlungen auf der Suche nach neuen Stoffen. Sie hatte mir beigebracht, wie man Stücke schreibt. Ohne ihre Hilfe hätte ich es nicht geschafft.

Sie war eine charmante, modebewusste, ungewöhnliche Frau. Die Intendanz des Fernsehens der DDR verlieh ihr mehrere Auszeichnungen, eine Goldene Kamera oder zwei, ich weiß es nicht mehr genau. Wir waren vertraut miteinander, waren Freundinnen bis zum Tag ihres ungewöhnlichen Todes.

Zum Thema Kriminalliteratur fällt mir eine besonders hübsche Episode ein. Im England der 20ziger Jahre trafen sich in einem Londoner Club regelmäßig etwa dreizehn Kriminalautoren. Unter ihnen so berühmte Leute wie Agatha Christie, Dorothy Sawyers und G. K. Chesterton. Sie tranken Tee und plauderten. Dabei entstand die ausgefallene Idee, einen Kettenkrimi zu schreiben. Das Prinzip dabei war, der erste Autor erfindet eine Geschichte, schreibt den Anfang, ohne den Plot zu verraten. Der Zweite schreibt die Geschichte fort, ihm folgt der Dritte und so weiter, bis zum Letzten.
Das Buch bekam den Titel: Die letzte Fahrt des Admirals.
Das Experiment, man konnte es auch Spaß nennen, wurde ein großer Erfolg, nicht nur seiner eigenwilligen Entstehungsgeschichte wegen, er war auch von hervorragender literarischer Qualität, hatte Witz, Spannung und war ungewöhnlich.
Jahre später kam der Ullstein-Verlag auf die Idee, ein Remake der berühmten Vorlage zu versuchen. Der Verlag bat neun Autoren um ihre Mitarbeit. Der Modus sollte der gleiche sein. Keiner wusste, was der Vorgänger schreibt. Am Ende aber sollte eine in sich geschlossene Geschichte rauskommen.
Ich war einer der neun Autoren, hatte die vierte Fortset-

zung zu schreiben. Es machte Spaß, eine fremde Geschichte zu schreiben, dabei den eigenen Stil zu bewahren.

Das Buch hieß, in stolzer Verehrung für die Großen: Die allerletzte Reise des Admirals. Schade, dass sich Autoren heute nicht mehr zum Tee treffen und zwanglos über das reden, was ihnen wichtig ist.

Cottbus und der Schriftstellerverband

Zu DDR-Zeiten lohnte es sich, in den Schriftstellerverband einzutreten. Der Verband übernahm gewerkschaftliche Aufgaben, war quasi eine Ersatz-Gewerkschaft, klärte soziale Probleme, vermittelte Stipendien, vergab Ferienplätze, organisierte Studienreisen in Länder, mit denen man in vertraglicher Bindung stand. Dazu gehörten alle Länder des sozialistischen Lagers, aber auch Frankreich, Schweden, Österreich, Italien und Finnland. Die Verbindung zum Saarland wurde durch die Initiative von Oskar Lafontaine möglich, der dort Ministerpräsident war.

Es lohnte also, in den Verband einzutreten, nur war es nicht ganz einfach. Voraussetzung war, man hatte zwei „ernstzunehmende" Bücher oder einen Lyrikband veröffentlicht. Wobei das Wort ernstzunehmend nicht wirklich ernst zu nehmen war.

Es war, als könnte man leichter in einem englischen Adelsclub aufgenommen werden als in den Schriftstellerverband. Das Procedere war langwierig und umständlich. Zwei Jahre lang war man zunächst Kandidat. Die Aufnahme wurde von einer Kommission entschieden, die viermal im Jahr zusammentrat. Ein Literaturwissenschaftler hatte ein Gutachten über die Arbeiten des Antragstellers vorzulegen. Das Statut verlangte auch, dass zwei Bürgen, Mitglieder des Verbandes, die Aufnahme schriftlich befürworteten.

Ich war nicht sicher, ob ich mir das antun sollte. Wenn ich in den Verband eintrat, war ich gezwungen, aus der Gewerkschaft auszutreten. Das kam mir wie ein Verrat vor. Dazu kam meine labile Gesundheit. Der eigentliche Grund, den ich aber für mich behielt, war meine Befürchtung, den literarischen Ansprüchen nicht zu genügen. Krimis galten in unserer Literaturgesellschaft nichts. Sie wurden, in Verkennung ihres wirklichen Wertes, als Afterliteratur bezeichnet.

Brigitte Reimann riet mir, in den Verband einzutreten, erbot sich, die Bürgschaft zu übernehmen. Also wagte ich den Schritt, wurde ohne Umschweife als Kandidat bestätigt. Der monatliche Beitrag betrug fünf Mark.

Die Zusammenkünfte fanden einmal im Monat statt, es wurde über Literatur diskutiert, außerdem konnte man eigene Arbeiten vorstellen. Ein Büro oder einen Versammlungsraum besaß der Verband nicht. Das heißt, wenn wir uns treffen wollten, zogen wir von einem Kneipenhinterzimmer ins nächste.

Die Kneipe ist kein Ort, in dem man über Literatur sprechen kann. Gelegentlich kam uns der Kulturbund entgegen, ließ uns zu sich hinein.

Cottbus war ein amusischer Bezirk. Vielleicht lag es an seiner besonderen ökonomischen Struktur. Die Kultur rangierte in den Augen der Oberen am unteren Ende der gesellschaftlichen Skala. Kunstprozesse wurden von Leuten gesteuert, die von Kunst eine nur ungefähre Ahnung hatten. Die Leute aus der oberen Etage der Macht lasen keine Belletristik. Sie nahmen auch nur beiläufig zur Kenntnis, dass sich Schriftsteller in ihrem Bezirk aufhielten.

Als Brigitte Reimann in den Bezirk Cottbus kam, sah man in ihr eher einen Störenfried als eine Bereicherung. Vielleicht empfand man sogar Genugtuung, als sie ein paar Jahre später nach Neubrandenburg zog. Dort schenkte man ihr jedenfalls größere Aufmerksamkeit.

Ich war etwa sechs Monate Kandidat des Verbandes, als eines Tages einer der Chefs aus Berlin in Cottbus auftauchte. Er wünschte, mich zu sprechen. Ankündigungen dieser Art sind nichts für meine Nerven. Ich fragte mich, was will der Mann von mir, was hat sich hinter meinem Rücken zusammengebraut. Für den Zentralvorstand waren wir hier in Cottbus eine unbedeutende, kleine Truppe, die um ihr Überleben kämpfte.

Der Mann aus Berlin war Sekretär des Verbandes, ein hohes Tier also und promovierter Kulturwissenschaftler.

Wir trafen uns in einem Café. Ich begrüßte ihn mit wohl dosierter Zurückhaltung. Er kam, selbstbewusst und ohne Umstände sofort zur Sache. Das Gespräch verlief sinngemäß etwa so.

Er: Wir brauchen in Cottbus einen funktionierenden Verband.

Ich: Ihr Wort in Gottes Ohr.

Er: Nicht in Gottes Ohr, in Ihr Ohr.

Ich: Ich bin die falsche Adresse.

Er: Das können Sie gar nicht beurteilen.

Ich: Sondern wer?

Er: Ich, zum Beispiel.

Ich: Nein, mal ganz im Ernst, ich stehe ganz am Anfang.

Er: Das ist purer Egoismus, in vier Monaten haben wir den Kongress, davor finden in den Bezirksverbänden Wahlen statt. Cottbus ist das Land der toten Seelen. Nennen Sie mir einen, der den Vorsitz machen könnte.

Ich: Nichts leichter als das, Brigitte Reimann natürlich, sie hat die geistig-literarische Statur, ist anerkannt und gut zu leiden. Macht sich außerdem auf allen Pressefotos hervorragend. Er: Brigitte will nicht, sie kann nicht, sagt sie, ihr fehle das Talent zu organisieren. Aber sie ist bereit, Stellvertreterin zu werden, wenn Sie den Vorsitz übernehmen.

Ich: Das ehrt mich zwar, aber Sie haben etwas Wesentliches übersehen, nach dem Statut kann ich nicht Vorsitzende werden, ich bin erst Kandidat.

Er: Also gut, dann lösen wir den Verband hier auf, dann gibt es in Cottbus keinen Schriftstellerverband mehr, sie schließen sich Frankfurt an.

Ich: Es tut mir leid, aber ein Vorsitzender ist auch eine literarische Autorität, das bin ich nicht.

Ich sollte Vorsitzende werden und Brigitte meine Stellvertreterin. Irgendwie kam mir das Ganze unwirklich vor, wie Dinge, die nicht zusammengehören, die man mit Gewalt zusammenfügen will. Unser Gespräch zog sich hin, dann hatte er mich so weit. Ich sagte zu.

Im Statut gab es einen Passus, der auf meine Lage zutraf, die Kandidatenzeit wurde verkürzt. In einem wundersamen Schnellverfahren wurde ich Mitglied des Schriftstellerverbandes.

In einer Mitgliederversammlung wählte man mich zur Vorsitzenden des Schriftstellerverbandes im Bezirk Cottbus. Ich bereute es sofort wieder. Mir war nicht wohl zumute. Da kam Arbeit auf mich zu, von der ich annahm, ihr nicht gewachsen zu sein.

Der Kongress sollte vorbereitet werden. Ich hatte keine Ahnung, wie man so etwas macht. Mit den Delegierten fuhr ich schließlich zum Kongress. Dort wurde viel geredet, na ja, dazu ist ein Kongress schließlich da.

Irgendwann fiel aus präsidialem Munde mein Name. Ich erschrak, horchte auf, es wurde verkündet, dass ich, ex officio, in den Vorstand gewählt werden soll. Damit hatte ich nicht gerechnet. Was kam jetzt wohl noch alles auf mich zu?

Ich hatte nicht nach den Sternen gegriffen. Die Sterne griffen nach mir.

Mit dem ungenauen Gefühl von Hochstapelei glitt ich in eine neue Phase meines Lebens.

Rückblickend auf die Zeit, in der ich Vorsitzende des Verbandes war, es waren lange 20 Jahre, bekenne ich schmerzlich, ich war einer argen Täuschung erlegen. Die Kollegen waren nicht das, was sie vorgaben zu sein. Schriftsteller sind Individualisten, jeder will nach seiner Fasson selig werden. Und trotzdem glaubte ich, wir wären eine Mannschaft, es gäbe so etwas wie Solidarität unter uns, Ehrlichkeit und Gemeinschaftssinn. Als ein Mensch, der nur in Übereinstimmung mit seiner Umwelt leben kann, tat ich alles, Konflikte zu vermeiden. Obwohl ich nicht an Vorzeichen glaube, hätte ich lange vor dem Erdrutsch spüren müssen, dass ich eines Tages verwirrt und ernüchtert aus meinem Traum von einer heilen Welt aufwache.

Die Enttäuschung war groß. Nach der Wende wurde manch Kollege kopflos, er konnte seine Manuskripte nicht mehr unterbringen, die Treuhand hatte fast alle Verlage geschluckt. Die Verträge der Hörspielautoren und auch der Filmszenaristen waren zu Makulatur geworden. Ein Herr Mühlfenzel aus Bayern hatte den Rundfunk in der Nalepastraße und das Fernsehen in Adlershof plattgemacht. Die Folge war, die Kollegen gerieten in eine soziale Schieflage, schlimmer noch, sie mussten nun fürchten, in die Bedeutungslosigkeit zu fallen, im Literaturbetrieb keine Rolle mehr zu spielen, vergessen zu werden.

In dieser Zwangslage fand sich der eine oder der andere dazu bereit, seine moralische Integrität für eine Schlagzeile einer Zeitung zu verkaufen. Die neuen Herren machten es den Verrätern leicht, belohnten Denunzianten reichlich.

Eine nette Kollegin unseres Verbandes, ein sonst anhänglicher Typ, mutierte zu einem kleinen Ungeheuer.

Selbst wenn sich das Resümee meiner Arbeit wie ein Rechenschaftsbericht anhört, vielleicht sogar einer ist, komme ich doch nicht umhin, über diesen wichtigen Teil meines Lebens zu berichten.

Zwei Dinge lagen mir am Herzen, ich wollte einen funktionierenden Verband aufbauen, der zum künstlerischen Impulsgeber wird. Die Cottbuser sollten spüren, dass sich Schriftsteller in ihren Mauern aufhielten.

Ich verbündete mich mit Hannes Steurich, dem Intendanten des Stadttheaters, den Vorsitzenden der anderen Künstlerverbände, den Direktoren der Schulen, der Abteilung Kultur bei der Gewerkschaft, dem Generaldirektor des VEB Tiefbau-Kombinats, Dr. Manfred Thomas, dem Generaldirektor des Gaskombinates Schwarze Pumpe, der FDJ und dem Haus der Armee. Wir organisierten Lesungen, Diskussionsrunden, Besichtigungen und Studienreisen.

In den Betrieben fanden, von der Gewerkschaft initiiert, ökonomisch-kulturelle Leistungsvergleiche statt. Das nutzten wir zu Lesungen in den Brigaden, brachten so Literatur unter die Leute. Für manchen Arbeiter war es die Initialzündung, künftig selbst Bücher zu lesen. Natürlich bekamen die Autoren ein anständiges Honorar.

Eine ebenso schwere wie verlustreiche Schlacht, die fünf Jahre anhielt, hatte ich mit dem Wohnungsamt zu schlagen. Es war unerträglich geworden, ohne ein Büro, ohne einen Versammlungsraum zu arbeiten. Als Ultima Ratio drohte ich, mein Amt niederzulegen. Eine klare, aber notwendige Erpressung, die schließlich ihren Zweck erfüllte.

Wir bekamen im zehnten Stock eines Hochhauses eine Atelierwohnung zu unserer Verfügung. Das Etablissement bestand aus einem Atelier, einem Büro, einer Küche und zwei Zimmern, in denen auswärtige Kollegen übernachten konnten.

Unter dem Titel Leselampe – Literatur im Zehnten begründeten wir eine literarische Reihe. Dazu luden wir bekannte Schriftsteller ein, unter ihnen Stephan Hermlin, Volker Braun, Christa Wolf, Christoph Hein, Heinz Knobloch, Gisela Kraft.

Damit hatten wir den Geschmack der Cottbuser getroffen, es kamen viele Leute, die Stühle reichten nie, sie saßen auf Fensterbrettern und dem Fußboden. Mitunter drohte mir die Feuerwehr mit der Schließung, sie fürchtete, der Boden hielte den Druck nicht aus und könnte einstürzen.

Das Selbstbewusstsein der Kollegen stieg, die Öffentlichkeit tat ihnen gut, die Lausitzer Rundschau stellte bereitwillig die neuen Arbeiten der Kollegen vor. Ich tat für meine Kollegen, was ich tun konnte.

Ein Kollege bat mich, ihm einen Verlag zu vermitteln, ein anderer brauchte eine Wohnung, wieder ein anderer ein Telefon, der eine brauchte ein Stipendium, der andere wollte ein Kind adoptieren und benötigte eine Unbedenklichkeitserklärung, wieder einer brauchte eine Studienreise in ein exotisches Land.

Für alle Autoren, die sich in einem festen Arbeitsverhältnis befanden, erkämpfte ich monatlich einen freien Tag. Den größten Erfolg erzielte ich für einen Kollegen, der sich zu zwölf Jahren Armeedienst verpflichtet hatte, nach der Hälfte aussteigen wollte.

Die auswärtigen Kollegen bekamen Fahrgeld und Tagegeld, in der Pause wurde Kaffee und ein Imbiss gereicht und das immer und für alle kostenlos.

Nach jeder Legislaturperiode, es waren insgesamt vier, wählten mich die Kollegen erneut. Ich rechne meine Arbeit nicht gegen das ungehörige Verhalten einiger auf. Eine gewisse Bitterkeit ist geblieben. Eines weiß ich genau, in den zwanzig Jahren, in denen ich mich mit der Verbandsarbeit herumschlug, hätte ich drei Bücher mehr geschrieben.

Es fällt mir schwer, mit einem Widerspruch fertig zu werden. Es ist keine existentielle Frage, es ist nur eine Frage der gerechten Bewertung.

Der Widerspruch, der sich wie ein fester Knoten in mir festgesetzt hat, ist folgender: Darf man einem hochbegabten Dichter die Freiheit gewähren, die Gesetze der Moral, des Anstands und des Strafrechts folgenlos zu verletzen, nur weil er begnadet ist.

Ich kannte so einen Dichter, er war in unserem Verband, er versetzte die Literaturgesellschaft in verwundertes Staunen, seine Gedichte waren von seltener Schönheit und Stärke, auch seine Prosa zeugte von seinem großen Talent. Im Alltag aber war er ein mieser Typ, er tyrannisierte seine Frau, schlug sie, stahl, brach in Autos ein, raubte sie aus. Aber in seiner Dichtkunst wurde er als Gott gefeiert.

Darf man so etwas konzedieren? Oder grenzt das an Beckmesserei? Wenn einer begabt ist, darf er dann alles? Sollte man den Mantel der Nachsicht über einen solchen Menschen breiten, aus Respekt vor seinem Talent? Ich habe oft und lange darüber nachgedacht und habe doch keine Antwort gefunden.

Der Schriftsteller ist das moralische Korrektiv der Gesellschaft, sagt ein kluger Mann. Ob das stimmt? Könnte zum Beispiel jener verkommene Mann, der ein begnadeter Dichter ist, das moralische Korrektiv der Gesellschaft sein? Oder etwa Uwe Tellkamp? Dann schon eher Ingo Schulze oder Christoph Hein.

Der gab dafür das treffende Beispiel.

Er war als Intendant des Deutschen Theaters im Gespräch. Querschüsse trafen ihn. Er trat den Posten nicht an. Seine Begründung lautete: Die massive Vorverurteilung seiner Person und seiner ostdeutschen Herkunft in einem Mediengewitter habe ihn zum Rückzug aus der angebotenen Intendanz bewogen. Künstler könnten in diesem absichtsvoll vergifteten Klima nicht arbeiten.

Ein anderes Beispiel: Dem Schriftsteller Jurij Koch lagen schon immer die Probleme der Umwelt am Herzen, er wehrte sich gegen die Zerstörung der Natur. Auf dem letzten Schriftstellerkongress, er fand im November 1987 statt, sprach er zu diesem Thema. Er warnte vor Raubbau, plädierte für die Nutzung von Windkrafträdern, stellte die rhetorische Frage: ... Wo ist die Grenze auf unserem Weg, an dem wir sagen: Bis hierher und nicht weiter? ... Der Mensch hat die Kraft, den apokalyptischen Untergang zu verhindern.

Sein Diskussionsbeitrag war weder vorgesehen, noch erwünscht. Die Leiterin der Abteilung Kultur im Zentralkomitee der SED, Ursula Rackwitz, war außer sich, empört drohte sie ihm mit dem Rausschmiss aus der Partei. „Und als Strafe setzen wir ihm ein Windkraftrad auf sein Haus", sagte sie.

Hermann Kant sprang für Koch ein, verteidigte ihn, hielt die fanatisierte Frau vor Exzessen zurück: Wir sollten froh sein, sagte er, dass wir dieses Thema überhaupt diskutieren.

Eine Episode mit Brigitte Reimann ist mir noch in guter Erinnerung. Wenn ich daran denke, werde ich sentimental und es überkommt mich Wehmut.

Es war an einem Tag im Winter. Schnee lag und die Sonne schien. Nach dem Tod des Schwiegervaters lebte meine Schwiegermutter bei uns. Sie war schwer krank, litt an Magenkrebs. Ich pflegte sie, ich hatte es ja schließlich gelernt. Am Nachmittag dieses sonnigen Wintertages schloss sie ihre Augen für immer. Sie hatte einen sanften Tod, sie war ihr Leben lang ein sanfter Mensch gewesen.

Ich saß an ihrem Bett, gönnte mir die Stunde der Besinnung und des Abschieds. Da klingelte es an der Tür, Besuch sagte sich an.

Ein wenig unwillig, ich war darauf nicht eingestellt, öffnete ich, Brigitte Reimann stand vor mir. Wir waren verabredet gewesen, ich hatte es vergessen. Ich sagte, im Zimmer nebenan liege meine Schwiegermutter, sie sei gerade gestorben.

Brigitte sagte: Darf ich sie sehen?

Ich führte sie zu ihr. Da stand sie nun vor der toten Frau, stumm, ergriffen, sah in ihr Gesicht, in dem Milde und Güte zu lesen waren, sah die gefalteten Hände.

In diesem Moment ging eine Wandlung in ihr vor. Alles Oberflächliche, aller Tand, das Alltägliche fielen von ihr ab. Ihre innere Größe wurde spürbar. Sie war, wie ein Wunder, der Ewigkeit nähergekommen. So habe ich sie nur noch einmal erlebt, im Krankenhaus, ein paar Wochen bevor sie starb.

Anette

Mein Leben verlief über einen langen Zeitraum mit der Gleichförmigkeit eines sanft dahingleitenden Flüsschens. Ich stand früh am Morgen so gegen sechs Uhr auf, deckte den Frühstückstisch, setzte mich zu meinem Mann, sah zu, wie er sein Sechsminuten-Ei aufschlug, Kaffee trank. Dann, mit Küsschen rechts und Küsschen links, der Ermahnung: Pass auf dich auf, Zicklein, und dem Versprechen: Ich ruf dich an, davoneilte, um Verbrecher und andere Übeltäter einzufangen.

Danach ging ich in das noch warme Bett zurück, schlief eine kleine Runde, dann erst begann für mich der Tag. Ich genoss es, ohne Eile am Text zu arbeiten, günstige Varianten zu probieren, zu schreiben, wegzuwerfen, neu anzufangen.

Nach Feierabend, wenn mein Schatz nach Hause kam, verbrachten wir den Abend, wie ihn andere glückliche

Ehepaare auch verbrachten.

Der nächste Morgen begann wie der Morgen zuvor, endete wie der Abend zuvor. Es gab nichts, was unserer Zweisamkeit gestört hätte. Ich wünschte mir sehr, alle Tage sollten sein wie dieser und das für alle Ewigkeit.

Als dann aber der Verband wie ein Schicksalsschlag auf uns niederging, wurde alles anders. Der Tag wurde von Besuchern und Telefonaten zerrissen. Das Wohnzimmer avancierte zum Büro des Verbandes. Statt an meinem Manuskript zu arbeiten, schrieb ich Arbeitsprotokolle, Einladungen, Bettelbriefe um Geld für unsere Arbeit, schrieb Arbeitspläne, Anträge für Studienreisen, ich las die Manuskripte der Kollegen, bereitete die nächste Mitgliederversammlung vor. Es durfte keinen Leerlauf geben. Kein Kollege sollte sagen, schade um den verlorenen Tag. Ich spürte Referenten auf, mit denen wir über existentielle Widersprüche im Sozialismus streiten konnten. Das kostete unendlich viel Mühe, Zeit und Nerven.

Seit der Herzoperation waren zehn Jahre vergangen. Wieder war ich in der Charité, wieder hieß die Diagnose Verengung der Mitralklappe. Wieder lautete die Therapie Operation. Die Vorhersage von Frau Dr. Albert hatte sich gegen alle meine Hoffnungen erfüllt.

Die Klinik hatte sich verändert, war moderner geworden, keine Zimmer mehr, in denen zwölf Betten standen, die Zimmer waren kleiner, freundlicher geworden, das Essen war besser, der Ton dafür geschäftiger, die familiäre Atmosphäre war dahin, das persönliche Gespräch mit Ärzten und Schwestern, in dem Mitgefühl und Anteilnahme zu spüren gewesen war, gab es nicht mehr. Und natürlich gab es nicht mehr die Luxusstation von Prof. Sauerbruch. Die wirklich große Enttäuschung aber war, Frau Dr.

Albert war nicht mehr da. Ich begann anderen Ärzten zu misstrauen, zweifelte an ihrer Kompetenz. Bei jeder Verordnung dachte ich, sie hätte das anders gemacht.

An den Wochenenden kam mein Mann, saß stundenlang an meinem Bett, hielt meine Hand. Seine Zärtlichkeit half mir über die schweren Stunden hinweg.

Nicht Prof. Felix würde operieren, sagte man mir, er wäre in Ruhestand gegangen, sondern Dr. Herbst. Ihm ginge ein guter Ruf als Herzchirurg voraus.

Nach der Operation, als ich wieder denken konnte, sagte man mir, Dr. Herbst habe sich nicht mit der Dehnung der Herzklappe begnügt, sondern den Herzmuskel angeschnitten. Darunter konnte ich mir nichts vorstellen. Im höheren Bereich der medizinischen Wissenschaft kann der unbedarfte Patient nur zuhören, nicken, dann verwirrt nach Haus gehen.

Der Aufenthalt im Krankenhaus mit Vorbereitung, Operation und Nachbehandlung dauerte dieses Mal nicht Monate, sondern nur Wochen. Ich durfte bald wieder nach Hause. Eine Krankschreibung erfolgte nicht, ich war inzwischen als freischaffende Schriftstellerin bei der Krankenkasse und dem Finanzamt registriert, bekam also kein Krankengeld.

Trotz dringender ärztlicher Warnung, mich zu schonen, stieg ich wohl oder übel wieder in das nervige Verbandsgeschäft ein.

Ich war oft unterwegs. Manche Abende verbrachte ich in einer Sitzung, einer Veranstaltung, einer Tagung, bei den Bildenden Künstlern, in Berlin, in der Kulturkommission. Mein Mann fand, wenn er nach Hause kam, eine Nachricht auf meinem Schreibtisch, die ersten Zettelchen waren noch von kleinen roten Herzchen umrahmt. Er saß dann allein am Abendbrottisch, trank seinen Tee, aß sein belegtes Brot, sah sich die Nachrichten im Fernsehen an und ging ins Bett.

Wenn Abende, die so verlaufen, nicht die Ausnahme sind, sondern zur Regel werden, setzen Auflösungserscheinungen ein. Ich wollte sie lange nicht wahrhaben. Der Bazillus, der die tödliche Krankheit auslöst, hat immer einen weiblichen Vornamen, in den meisten Fällen ist es die beste Freundin, die liebste Kollegin. In meinem Fall hieß sie Gerlinde und war eine sonst sehr nette Kollegin aus der Redaktion.

Irgendwann stand ich vor der Frage, sollte ich mein Leben ändern, meinen Beruf aufgeben, zu Hause bleiben, nur für meinen Mann da sein, meine Ehe bewachen oder sollte ich meinen Weg gehen und dort Erfüllung finden. Noch lebte ich in dem Glauben, beides ließe sich harmonisch vereinen.

Ein solcher Traum erfüllt sich nur, wenn beide es wollen. Mein Mann hatte den Sirenenklängen nicht widerstehen können. Halb zog sie ihn, halb sank er hin, um es mit Goethe zu sagen.

Ein besonderer Umstand erhöhte noch die Chancen dieser Frau. Ich hatte den Verlag gewechselt, war vom Verlag in Berlin zu einem Verlag in Rostock gewechselt. Ich wollte keine Krimis mehr schreiben. Die Rezeptur ist immer die gleiche, unweigerlich mag sich Monotonie einstellen und die möchte man dem Leser nicht länger zumuten. Ich wollte ein anderes Buch schreiben, eine Geschichte ohne Mord und Totschlag, die Geschichte einer jungen Ehe.

Das neue Buch hatte nicht in das Profil des Neuen Berlin gepasst. Also war ich gezwungen, mir einen anderen Verlag zu suchen, kam durch einen freundlichen Zufall zum Hinstorff-Verlag in Rostock. Für mich war es das reine Glück.

Hinstorff war ein kleiner, feiner Verlag, in dem einst Fritz Reuter verlegt hatte, später Ehm Welk (Die Heiden von Kummerow), noch später Franz Fühmann, Klaus Schlesinger, Jurek Becker, Ulrich Plenzdorf, Martin Stade.

Cheflektor Dr. Kurt Batt lud mich zu einem Gespräch. Noch während unseres Gesprächs ahnte ich, mir war das seltene Glück widerfahren, einem ungewöhnlichen Menschen begegnet zu sein. Ich habe lange darüber nachgedacht, worin seine Faszination bestand, kam zu dem ebenso simplen wie zwingenden Schluss, alles an diesem Mann war echt, das, was er sagte, wie er es sagte, warum er es sagte, nichts an ihm war gekünstelt, auf Show gemacht, nicht die Gestik, die Mimik, vor allem aber sein Lachen. Nie habe ich einen Menschen so lachen hören, es war so unglaublich einleuchtend.

Kurt Batt hatte dem Verlag das geistige Profil gegeben, hatte ihm in der literarischen Welt zu hohem Ansehen verholfen. Er starb viel zu früh und viel zu jung.

Auf dem Weg zur Trauerfeier, saß ich mit Franz Fühmann im Zug nach Rostock. Er war der Bitte des Verlagsleiters nachgekommen, die Trauerrede zu halten. Ohne ersichtlichen Grund blieb der Zug in Waren/Müritz mit der Beharrlichkeit eines bockigen Esels stehen und fuhr nicht weiter.

Bis dahin waren unsere Gespräche, dem traurigen Anlass entsprechend, freundlich und sanft gewesen. Mit jedem Blick auf die Uhr, wurde unsere Stimmung gereizter, verzweifelter, hoffnungsloser, eine kafkaeske Situation. Wir liebten den Verstorbenen, trauerten aus wundem Herzen um ihn und nun sollte die Trauerfeier ohne eine

Trauerrede vor sich gehen, eine Rede, die Franz Fühmann halten wollte, nur weil die Reichsbahn uns einen Streich spielte.

Als wir in Rostock ankamen, war die Zeit verstrichen. Doch man hatte auf Fühmann gewartet.

Um das Manuskript in eine druckreife Fassung zu bringen, gab man mir einen Lektor zur Seite, Heinrich Ehlers, ein alter Fuchs im Literaturgeschäft. Er hatte den Ehrgeiz, mir den Journalismus auszutreiben, der mich von der Literatur unterschied. Der Journalist betrachtet einen Vorgang von außen, sagte er, er reduziert seine Wahrnehmung auf Äußerlichkeiten. Der Literat muss in das Wesen eines Menschen vordringen, es genügt nicht, ihn zu beschreiben, er muss seinen Charakter sezieren, so seine Handlungen begreifen.

Heinrich Ehlers saß bequem in seinem Sessel, hatte seine langen, dünnen Beine übereinandergeschlagen, rauchte hingebungsvoll seine Pfeife, sagte dabei den folgenschweren Satz: Wenn du den Journalismus nicht überwindest, wirst du nie eine Schriftstellerin.

Der Verlag druckte meine Geschichte. Das Buch hieß Anette und erlebte zwölf Auflagen. Für das Jahr 1990 war die dreizehnte Auflage geplant, es kam, aus bekannten Treuhandgründen, nicht mehr dazu.

Ich hatte bei Hinstorff meine literarische Heimat gefunden. Dem ersten Buch folgten weitere. Die Auflagen gingen nicht, wie beim Neuen Berlin, in die Hunderttausende, sie blieben mit zehn Tausend im üblichen Rahmen. Das Honorar war wie folgt geregelt, ich bekam fünfzehn Prozent vom Ladenpreis. Die Bücher waren zwar billig, aber sie waren im Handumdrehen verkauft, mitunter sogar nur an gute Kunden, als eine Art Bückware.

Es war die Idee von Dr. Batt gewesen, Autoren, die ein neues Buch vorbereiteten oder mit der Schlussredaktion eines Buches befasst waren oder die mit ihrem Lektor reden wollten oder die, die in einer Schaffenskrise steckten, für eine Woche nach Heiligendamm einzuladen. Die Treffen fanden im Frühjahr und im Herbst statt, immer dann, wenn es am schönsten ist am Meer.
Nichts tut einem Autor so gut, wie die zeitlich begrenzte Gesellschaft seiner Kollegen. Man geht am Meer spazieren, streitet, verträgt sich wieder, stellt seine Arbeiten zur Diskussion, tauscht beim Rotwein Neuigkeiten über Nichtanwesende aus, diskutiert mit dem Lektor. Auf eine wundersame Weise ist man einig mit sich und der Welt. Bei Hinstorff und in Heiligendamm waren wir im Paradies. Nie wieder wird es so etwas geben.

In der Hölle und im Himmel

Nun war ich noch häufiger unterwegs. Die Lücke, die in meiner Ehe entstanden war, füllte Gerlinde aus. Sie hatte sich in unsere Ehe geschlichen und sie zerstört. Natürlich, selbst zum simpelsten Ehebruch gehören immer zwei. Eine geübte Frau kriegt einen anfälligen Mann leicht ins Bett. Sie war eine Meisterin der Verstellung.
Über eine unendliche lange Zeit, zehn, zwölf Jahre, sah ich in ihr die treue Freundin. Sie war mir vertraut wie eine Schwester. Gemeinsam fuhren wir in den Urlaub, feierten die Geburtstage, auch Silvester, Ostern, Pfings-

ten, Weihnachten, waren an allen Wochenenden beisammen, fuhren zur legendären Faust-Inszenierung nach Schwerin, zur Premiere von Brechts Arturo Ui ins BE, zum Fiedler auf dem Dach in die Komische Oper, wie reisten nach Leningrad, nach Tallinn, Marienbad, Moskau, Warschau, zu viert im Trabant nach Budapest zu den Leichtathletik-Europameisterschaften, badeten im Balaton, liefen Schlittschuh auf dem Schwielochsee, segelten auf dem Schwielochsee.

Aber wenn ich nicht da war, schlich sie sich zu meinem Mann in unsere kleine, gemütliche Hütte am Schwielochsee, von den Nachbarn ausführlich und mit stiller Wut beobachtet.

Wir entwickelten neue Technologien zur Herstellung von Pfannkuchen, Weltneuheiten, Menschheitsbeglückungen, wir hatten Spaß, lachten, an jenem Abend hätten wir auch über Badeschwämme gelacht.

So kannte uns die Stadt, einig, fröhlich, solidarisch und immer zusammen. Wir waren uns unserer Freundschaft sicher, tauschten Bücher und Kochrezepte, teilen die Weltanschauung, akzeptierten die Gesetze der Moral. In geschlossener Formation zogen wir zur Spreebrücke, warfen Zigaretten und Feuerzeuge in die Spree mit dem heiligen Versprechen, nie wieder rauchen zu wollen. Wir gingen ins Theater, tanzten auf jeder Premierenfeier. Als Gerlinde schwanger wurde, verbrachten wir einen launigen Abend damit, einen Namen für das Baby zu finden.

Welch satanische Verwandlung geht in einer Frau vor sich, die über ein Jahrzehnt Freundschaft heuchelt und in dem Augenblick, in dem die Freundin das Haus verlässt, in die Wohnung huscht, sich bedenkenlos in das fremde Ehebett legt.

Erst als ich erfuhr, dass das Kind, das sie zur Welt gebracht hatte, nicht von ihrem, sondern von meinem Mann war, brach meine Welt zusammen.

Heute weiß ich es, es war nicht der Verlust, es war der Verrat, der mich an den Rand meiner physischen Existenz brachte. Ich kann ohne Brot leben, nicht ohne Wahrheit.

Ich fragte sie: Du warst meine beste Freundin, warum hast du mir das angetan?

Sie erwiderte: Ich war nie deine Freundin.

Es ist eine Wunde, die nicht die leiseste Berührung verträgt.

Ich wollte die Scheidung. Tage vor Weihnachten dann der Gerichtstermin. Die Angelegenheit dauerte 18 Minuten, 18 Minuten für ein halbes Leben!

Gerlindes Erwartung, nunmehr ihren Geliebten heiraten zu können, erfüllte sich nicht. Er war zu einer Ehe mit ihr nicht bereit. Nach Jahren der Trennung kehrte er zu mir zurück. Wir heirateten ein zweites Mal. Die Jahre danach waren glückliche Jahre, harmonisch wie am Beginn unserer ersten Ehe.

Noch hatte ich einen langen steinigen Weg vor mir. Es war kurz nach dem Scheidungstermin. Unter der Last der grenzenlosen Enttäuschung versagte mein Herz. Bei einem Gang durch die Stadt brach ich zusammen. Man schaffte mich ins Krankenhaus. Das Herz war aus dem Takt geraten, sollte mit einer Kardioversion in seinen Sinusrhythmus zurückgebracht werden. Das Herz machte nicht mit, es widersetzte sich. Von da an hatte ich das Gefühl, in Gefahrenstufe drei zu leben.

Eine dritte Herzoperation wurde in Erwägung gezogen. Bei dieser Operation sollte es nicht darum gehen, die Herzklappe zu dehnen oder sie auf andere Art zu weiten, sondern sie zu entfernen und durch eine neue zu ersetzen.

Heute, im ersten Jahrzehnt des einundzwanzigsten Jahrhunderts, eine durchaus übliche, oft angewandte Methode. Vor dreißig Jahren gehörten Operationen dieser Art nicht zum Tagesprogramm in den Herzzentren.

Mein Arzt, der auch mein Freund war, plädierte für Bad Berka. Diese Klinik, sagte er, ist die erfolgreichste, die am besten ausgestattet ist und sie hat die besten Ärzte. Der Herzchirurg ist Prof. Ursinus, eine medizinische Kapazität von europäischem Rang.

Mir war es ziemlich egal, wo ich hinkomme, ob die Superklinik Bad Berka oder ein Krankenhaus, in dem sie erst üben, ein Herz aufzuschneiden.

Ich war so jämmerlich allein, mein Glaube an Liebe und Freundschaft war für immer dahin. Mit mir musste man sich keine Mühe mehr geben. Man hatte mir die Freude am Leben genommen, mir lag nichts mehr am Weiterleben.

Mein Lektor begriff, wie es in mir aussah. Er rief mich immer wieder an, konnte es nicht ertragen, mich in verzweifelter Lage zu sehen.

Eines Tages sagte er: Mach was aus deinem Kummer, schreib auf, was du erlebt hast, suche nach einem Ausweg, du schaffst es. Ich glaube an dich, Phönix aus der Asche.

Wenn sich der Mensch am Morgen vor dem Tag fürchtet, der auf ihn wartet, wenn er sich vor der Nacht fürchtet, die auf ihn wartet, gibt es zwei Möglichkeiten. Entweder er springt aus dem zehnten Stock oder er findet sich.

Dass ich nicht aus dem Fenster sprang, verdanke ich meinem Lektor. Sein Vorschlag rettete mir das Leben. Ich wollte schreibend Ordnung in mein Leben bringen, die Welt wieder wahrnehmen und an die Zukunft glauben. Es war gar nicht wichtig, ob man das Buch drucken würde, es war nur wichtig, dass ich es schrieb.

Die ersten Zeilen begannen mit einem resigniertem Bekenntnis: Leben? Wozu? Für wen? Die Strecke ist absehbar. Ohne Rätsel. Ohne Trauer. Ohne Freude. Und Bitterkeit ist kein Programm. Wozu die Mühen? Leben heißt, künftig wach werden am Morgen, sich der unwägbaren Leere bewusst werden.

Sagneinzumleben.

Dann die Szene nach der Voruntersuchung, an dem Tag, an dem ich mit einem Operationstermin wieder nach Hause fahre: „Chefarzt Dr. Berger kommt den Gang entlang. Er sieht meine Reisetasche. Er sieht mir ins Gesicht. Sein Lächeln wechselt.

Wenn er morgens in mein Zimmer kam, an mein Bett trat, wenn er lächelnd sagte, dass die Welt besser sei als es den Anschein habe, wurde der Tag erträglich.

Sie haben acht Wochen Zeit, sagt er.

Ich nicke.

Sie wissen, wie es um Sie steht?

Ich nicke.

Besprechen Sie alles in Ruhe mit Ihrer Familie.

Ich nicke.

Sie haben keine Wahl, wenn Sie weiterleben wollen.

Ja, ich weiß.

Dann gibt er mir die Hand. Er hat mir immer die Hand gegeben, wenn er zur Visite kam, wenn er mich auf der Bank vor dem EKG Raum sitzen sah, wenn er mich irgendwo im Haus traf.

Ich halte seine Hand fest, lange, viel zu lange, als könnte ich meine Ängste auf ihn übertragen.

Ich bin wieder zu Hause, es ist alles, wie ich es verlassen habe, leere aufgeräumte Wohnung. Gestaute Luft. Erstarrtes Leben. Staub auf den Möbeln. Keiner, der in der Tür steht, keiner, der sagt, wie schön, dass du wieder da bist.

Ich hätte dem Doktor meine Lage schildern sollen. Warum hüte ich es wie ein Geheimnis? Weil Alleinsein kein normales Leben ist? Ich werde das Alleinsein nicht lernen. Ich werde Alleinsein nie als normales Leben empfinden. Alleinsein ist anormal. Alleinsein nur für Alleinseinwollende.

Ich hatte dieses Buch geschrieben, nannte es: Das schöne bisschen Leben. Protokoll einer Krise. Es wurde gedruckt, es erschien in vielen Auflagen.

Wolfgang Müller, Bruder von Heiner Müller, schrieb das Drehbuch für einen DEFA-Film. Er kam nicht mehr dazu, es umzusetzen, der politische Erdrutsch machte seine Pläne zunichte. Nach der Wende erschien das Buch in einer neuen Auflage im BS-Verlag-Rostock. Man liest es heute mit anderen Augen.

Ich hatte acht Wochen Zeit bis zur Operation. Die Untersuchungen waren abgeschlossen, die Diagnose stand fest, ich würde eine neue Mitralklappe bekommen und Prof. Ursinus würde sie installieren.
Nach meinem medizinischen Verständnis war mir klar, die wichtige Arbeit leistet der Internist vor der Operation, ohne dessen genaue Diagnose, Verfahrensweise, richtet der Operateur nichts aus.
Chefarzt dieser wichtigen Abteilung war Dr. Hermann Schaedel.
Es hatte eine wundersame Bewandtnis mit ihm und seiner Familie. Der Zufall wollte es, dass ich, während ich zur Voruntersuchung in der Klinik weilte, Geburtstag hatte. Für mich ein Tag wie jeder andere. Mein Geburtstag hatte mir früher etwas bedeutet. Ich wurde ans Telefon gerufen. Ein wenig verwundert war ich schon, wer sollte mich hier sprechen wollen? Es war Chefarzt Dr. Schaedel, er sagte: Sie haben Geburtstag.
Ja, sagte ich.
Erwarten Sie Besuch?
Nein.
Wollen Sie zum Kaffee zu uns kommen?
Ja.
Er beschrieb mir den Weg.
Ich fand das Haus, fand den Klingelknopf. Erika, die Frau des Chefarztes empfing mich mit der Herzlichkeit, mit der man eine alte Freundin begrüßt. Über diesen Geburtstag schrieb ich in meinem Buch.
„Constanze, eine Freundin aus Weimar, besuchte mich. Sie sagte: Du hattest gestern Geburtstag.
Nein, vorgestern.

Ich habe ihn vergessen. Ich habe deinen Geburtstag glatt vergessen.

Na und?

Kannst du mir noch einmal verzeihen?

Nichts leichter als das.

Das mit deinem Geburtstag, zu dumm, ich hätte ihn nicht vergessen dürfen. So allein im Krankenhaus, am Geburtstag, lauter Fremde, keiner, der gratuliert. Ich verzeih mir das nicht.

Sei unbesorgt. Es war der schönste Geburtstag seit langem, Kaffee, Kuchen, Sonne im Fenster, Sonnenspiel, Blumen, Kerzenlicht, Lachen, Vertrautheit, Gespräche, eine gute Fee, ein Wunder. Es gibt noch Wunder, glaube an sie, Constanze.

Schwarzer Humor, erwidert Constanze, du kennst keinen Menschen in dieser Stadt. Wie dreckig muss es dir gehen, dass du so etwas erfindest.

Die Klinik in Bad Berka liegt auf einem Hügel, mitten im Wald. In der Stille unseres Krankenzimmers ging um sechs Uhr fünfundzwanzig der Vorhang zu einem Schauspiel auf. Die Sonne als blutrote Vermutung. Ein Strich nur, als hätte sie noch keinen Zugang zu dieser Erde. Vor unseren Augen formte sie sich zur dunkelblutroten Kugel, darin das Muster Thüringer Kiefernspitzen. Lautloses Wunder der Alltäglichkeit, durch das Krankenhausfenster erlebt. Jeden Morgen das Sonnenschauspiel für das hingerissene Publikum von Zimmer 7 der Klinik für Herzchirurgie.

Nach der Operation auf der Intensivstation, ich hatte die Augen geöffnet, die Welt um mich herum wahrgenommen, Prof. Ursinus, der Operateur, an meinem Bett, er lächelt sanft, sagt: Wir haben Ihnen eine besonders schöne Klappe eingenäht.

Nanu, Sie freuen sich ja gar nicht.

Was soll ich darauf antworten.

Sie glauben mir nicht, fragt er. Er wendet sich an seinen Assistenten. Sie glaubt uns nicht.

Der Assistent lächelt auch sanft, sagt: Aber, aber.

Ich höre die Klappe nicht, sag ich.

Na, so was, sie hört ihre Klappe nicht, da müssen wir doch was unternehmen. Er nimmt sein Stethoskop, legt es mir um, setzt es an die Stelle nahe dem Herzen.

Na? fragt er.

Ich höre es. Ich höre mein Herz. Höre es durch den dicken Verband. Die neue Herzklappe. Sie arbeitet. Arbeitet für mich. Damit ich weiterlebe. Mein Herz schlägt gleichmäßig, ruhig, bereitwillig."

Wenn ich an Bad Berka denke, wird mir weh ums Herz. Mir ist dort so unendlich viel Gutes widerfahren. Der Chefarzt und seine Frau Erika waren wie vom Schicksal abkommandiert, mir zu helfen. Sie taten es mit bewundernswerter Selbstlosigkeit. Ich bin ihnen für immer dankbar. Ihnen habe ich das Buch gewidmet. Die Freundschaft besteht und bleibt, bis ich eines Tages gehen werde.

Unser Thema, wenn wir uns sehen oder nur miteinander telefonieren, ist der Zustand unseres Gesundheitswesens, in welchen Niederungen es sich zurzeit befindet und welches Schicksal der neue Gesundheitsminister für uns bereithält.

Ich habe das untrügliche Gefühl, wir nähern uns amerikanischen Verhältnissen, auch unsere Krankenhäuser werden Unternehmen, in denen nur noch das Geld eine Rolle spielt.

Zu dem Thema schrieb mir Hermann Schaedel einen Brief, den ich immer wieder lesen muss, so wichtig ist er für mich. Ich kann gar nicht anders, als ihn auszugsweise wiederzugeben.

„Seit die Gesellschaft (auch die Ärzte) darauf verzichtet hat, die ärztliche Tätigkeit als Kunst anzusehen, mit einer Dienstleistung zufrieden ist, ist der Rahmen des ärztlichen Handelns aus den Fugen geraten. Das so vordergründige monetäre Primat erschlägt alles. Und da Zeit Geld sein soll, hat man auch nur Zeit für Geld.

Insofern muss ich mich glücklich preisen, medizinische Tätigkeit anders erlebt zu haben und mir die heutigen Verhältnisse nicht zumuten zu müssen.

Salus aegroti suprema lex (Das Wohl des Patienten ist oberstes Gesetz) prangte uns Studenten jeden Tag in der Chirurgischen Klinik in Erfurt entgegen. Ich habe keinen Grund, daran zu zweifeln.

Ich habe immer versucht, sobald als möglich den Patienten als Person zu erfassen, um eine halbwegs sichere Basis zu legen für Gespräche über anstehende Untersuchungen, wie auch für zu ziehende Konsequenzen. Dass man dabei manchem Patienten (so auch Dir) besonders nahe kam, habe ich dankbar und beglückend empfunden. Deshalb auch mein Hang zu meist längeren Gesprächen am Bett oder in der Ambulanz (zum Leidwesen der die Visite begleitenden Schwestern), auch weil oft der medizinisch notwendige Rahmen verlassen wurde, aber ich hielt auch das für notwendig.

Ein Grund, weshalb ich Bad Berka verlassen habe (Dr. Schaedel war dort Chefarzt) war, dass ich nur noch beim Herzkatheter zubrachte und keine Möglichkeit der Ergebnisinterpretation gegenüber dem Patienten hatte. Da sah ich in der Reha-Klinik eine neue Chance. Am schönsten war es, wenn es mir gelang, einem Patienten seine Probleme so gut verständlich zu machen, dass er informiert und beraten seine Entscheidungen treffen konnte, das gelingt nur ausnahmsweise im ersten Anlauf.

Liebe Dorothea, ich habe in Deinem Buch Dr. Berger immer als eine Kulmination der Bad Berka-Ärzte verstanden und zumindest auch Herbert Schmidt dahinter gesehen, der mir im Literaturverständnis weit überlegen und Dir näher war. Bestimmend für unser Verhältnis war aber auch, dass Erika einer Einladung in unsere Wohnung sofort zustimmte und Dir ja sehr naherückte. Du bleibst für mich das medizinische Wunder, dem ich die Kraft wünsche, seine Lebensreflexionen vollenden zu können – eher darfst Du nicht abtreten!"

Der Brief ist für mich wie der Hippokratische Eid der Neuzeit. Ein Programm für unsere schwierigen Verhältnisse, bei der die ärztliche Ethik auf der Strecke zu bleiben droht.

Die Reise nach Finnland

Der Verlag in Helsinki, der meinen ersten Roman herausgebracht hatte, stellte mir frei, das Honorar an mich zu überweisen oder mir eine ausgedehnte Reise nach Lappland zu finanzieren. Ich brauchte nicht lange zu überlegen. Ich kannte das System, nach dem das Finanzministerium der DDR mit dem Westgeld umging, das Schriftsteller durch ihre Veröffentlichungen im kapitalistischen Ausland verdient hatten. Der Autor bekam einen Prozentsatz in Westwährung ausgezahlt, der Rest wurde für ihn in Ostmark umgerubelt. Also entschied ich mich für die Studienreise nach Finnland. Mit Eifer und einer ungeheuren Vorfreude auf meine Reise betrieb ich die Vorbereitungen, schrieb einen Antrag, holte mir im finnischen Konsulat die Papiere und buchte den Flug nach Helsinki. Raili Larsson, die Übersetzerin, schrieb, sie freue sich, wird mich am Flugplatz empfangen.

Endlich war es so weit. Ich vermochte meine Aufregung kaum zu bändigen. Um ausgeschlafen meine große Reise anzutreten, wollte ich früh zu Bett gehen.

Schon im Schlafanzug wieselte ich durch die Wohnung, als es an unserer Tür klingelte. Mein Mann öffnete, vor ihm stand der Polizeichef. Er sei gekommen, sagte er, mir meinen Reisepass abzunehmen, ich dürfe nicht fahren. Durch ein Versehen wäre mir die Ausreise genehmigt worden. Man habe nicht berücksichtigt, dass mein Mann Geheimnisträger sei. Als makabren Scherz fügte er hinzu, wenn ich mich scheiden ließe, könnte ich nach Finnland fahren.

Meine Weigerung nutzte nichts, mein wütender Protest nutzte nichts, meine Tränen nutzten nichts. Die Reise nach Finnland fand nicht statt.

Sie fand dann doch statt, allerdings fünf Jahre später, als eingetreten war, was der Polizeichef mir in seiner taktlosen Art geraten hatte.

„Ich will viel reisen und viel sehen.“

Dieser Satz stammt von Heinrich Heine aus dem Jahr 1825, ein unschuldiger Satz, beiläufig fast. Damals konnte man so einen Satz sagen. Zu DDR-Zeiten war es ein Reizwort, ein Wort wie mit Dynamit geladen, mit diesem Satz forderte man die Obrigkeit heraus. Das Wort Reisen war zum Trauma geworden.

Traumata sind seelische Erschütterungen, ausgelöst durch Reisebeschränkungen, Reiseverbote, durch Abhängigkeiten von übergeordneten Dienststellen.

Der einzelne Mensch kann unter einem Trauma leiden. Ein ganzes Volk kann darunter leiden. Es gab Ausnahmeregelungen. Künstler durften reisen, Sportler sowieso. Sollten auch sie nicht reisen, aus Solidarität vielleicht.

In einer Sitzung im Schriftstellerverband meldete ich mich zu Wort: Das mit den Reisen, sagte ich, muss sich ändern, es muss sich unbedingt ändern, weil wir sonst unseren geistigen Horizont einbüßen, unser Blick ginge dann nicht über den Tellerrand hinaus. Einer, der reisen darf, gewinnt an innerer Souveränität, sein Blick weitet sich, er weiß zu schätzen, was er zu Hause hat.

Vielleicht führte meine kleine, ketzerische Rede dazu, dass ich nach Paris fahren durfte.

Im Sommer eines jeden Jahres feierte die Humanité ihr Pressefest. Aus diesem Anlass durfte jeweils ein Schriftsteller nach Paris reisen, auf dem Gelände von La Courneuve hatte er einen Stand, verkaufte dort seine Bücher.

Neben der Arbeit auf dem Pressefest durfte ich im Kulturzentrum der DDR, einem Prachtbau in Saint Germain, und bei französischen Germanisten meine Bücher vorstellen und daraus lesen.

Von einer solchen Veranstaltung ins Hotel zurückgekehrt, sagte der Portier, er habe einen Brief für mich.

Ich lachte, dachte, der Mann irrt sich. Wer sollte mir einen Brief schreiben, wo ich doch in dieser Millionenstadt

159

keine Seele kenne? Vielleicht habe ich ihn auch nur falsch verstanden, mein Französisch war von der Art, dass ich selbst Mühe hatte zu begreifen, was ich da stammelte. Nur wenn einer geduldig und langsam mit mir sprach, verstand ich, was er meinte.

Der Mann gab mir den Brief, er war tatsächlich für mich. Der Absender war Jean-Pierre Brard, der Oberbürgermeister von Montreuil.

Diese Stadt, im Gürtel von Paris, war die Partnerstadt von Cottbus. Ich wusste um diese Verbindung, hätte es allerdings als eine Anmaßung empfunden, mich bei Jean-Pierre Brard zu melden. Schließlich hatte mich der Schriftstellerverband geschickt und nicht die Stadtverwaltung Cottbus. Er wäre verwundert, schrieb der OB, warum ich mich nicht gemeldet hätte, er würde sich freuen, mich zu empfangen.

Ich rief ihn sofort an, wir verabredeten einen Treff, dann fuhr ich hin. Er zeigte mir die Stadt, erzählte von ihr, erzählte von seiner Arbeit, seinen Problemen. Er war Mitglied der kommunistischen Partei, auch sein Vorgänger war Mitglied der kommunistischen Partei. Die Bürger der Stadt vertrauten den Kommunisten, wählten sie über viele Legislaturen hinweg immer wieder.

Ich war überrascht, dass sich ein kommunistischer Bürgermeister in einer kapitalistischen Welt über Jahrzehnte durchsetzen konnte. War Montreuil eine Insel der Glückseligen? Was bot er seinen Bürgern, dass sie ihn immer wieder wählten. Darüber müsste man schreiben, dachte ich, sprach mit ihm darüber.

Er sagte, dazu wären drei Tage zu kurz, da könnte man nicht ordentlich recherchieren. Also eine Absage, dachte ich, sagte, ja natürlich, dazu brauche man mehr Zeit.

Dann sagte er den bedeutungsvollen Satz, der mich in

einen Rauschzustand versetzte. Wenn Sie wollen, bekommen Sie eine offizielle Einladung, können bleiben, so lange Sie wollen, sind Gast unserer Stadt, können im Gästehaus wohnen und sich frei bewegen.

Ich fragte: Und Sie würden mich hinter die Kulissen sehen lassen, mich überall mitnehmen, damit ich das System begreife?

Ich dürfe, sagte er, an allen Beratungen teilnehmen, an Sprechstunden, Ratssitzungen, Versammlungen und den Begegnungen mit Bürgern. Er lächelte: Alles, was Sie wollen.

Wie im Trance fuhr ich nach Hause zurück. Vier Wochen später kam der Brief mit der verheißungsvollen Einladung. Ich wurde unsicher, hatte ich mich da nicht ein wenig übernommen, konnte ich es überhaupt schaffen. War das Thema interessant genug? Wer in der DDR interessierte sich für die Kommunalpolitik einer französischen Stadt? Aber da war ja noch Paris, für Paris interessierte sich jeder.

Ich sprach mit meinem Lektor.

Willst du wirklich ein Buch über Paris schreiben, fragte er mit der ganzen Kraft seiner Skepsis, du müsstest doch die Bücher kennen, die es über Paris gibt.

Ja, erwiderte ich kleinlaut, aber du weißt nicht alles.

Er lächelte nachsichtig: Über Paris gibt es hundert und ein Buch, warum dann nicht auch eines von dir?

Man darf die Poesie nicht von der Politik trennen, sagte ich, das Buch wird nicht sein wie hundert andere, es geht um Montreuil, aber es geht natürlich auch um Paris.

Es war wie ein Traum, ich lebte in einer anderen Welt mit vielfach gespaltenen Gefühlen. Ich, eine Provinznase in Paris, so glücklich war ich nie zuvor.

Dann fuhr ich nach Hause und schrieb das Buch. Es bekam den Titel Traumreisen und erschien 1989 im Hinstorff-Verlag. Ihm war ein trauriges Schicksal beschieden. Sein brutales Ende war besiegelt an dem Tag, an dem die Grenze fiel, also noch bevor es an die Volksbuchhandlungen ausgeliefert werden konnte.

Die Welt hatte plötzlich ein anderes Gesicht, die alten Werte galten nicht mehr. Anstand und Würde waren dahin.

Der Verlagsleiter schrieb, die Volksbuchhandlungen hätten ihre Verträge gekündigt, DDR-Literatur sei nicht mehr gefragt. Die gesamte Auflage in Höhe von zehntausend Exemplaren ginge ins Auslieferungslager nach Leipzig zurück.

Kurz darauf schafften die Leute vom Auslieferungslager alle Bücher, die dort lagerten, darunter auch meine Traumreisen, nach Plottendorf, einem Ort bei Leipzig, warfen sie in ein Dreckloch. Dort sollten sie verkommen. Erinnert das nicht an die Bücherverbrennung von 1933?

Pfarrer Martin Weskott aus Katlenburg bei Göttingen hörte von dieser unfassbaren Kulturbarbarei, machte sich mit einem LKW, den er sich bei einem Getränkehändler geliehen hatte, auf den Weg nach Plottendorf.

Es gelang ihm, eine Million Bücher aus dem Dreckloch zu holen, rettete sie vor dem Verfall.

Höchst verwunderlich ist die Tatsache, dass niemand daran interessiert war, die Schuldigen zu ermitteln.

Pfarrer Weskott bekam für seine großartige Tat das Bundesverdienstkreuz.

Bevor meine Traumreisen abtransportiert und in den

Müll geworfen wurden, hatte mein Verleger gesagt, er könne mir zwar kein Honorar geben, aber ich dürfte mir so viele von meinen Büchern holen, wie ich wollte.

Freundin Hannelore erbot sich, in ihrem neuen Auto nach Rostock zu fahren, den Kofferraum voller Traumreisen zu packen und sie mir zu bringen. Es tut mir so leid, dass niemand dieses Buch hat lesen können. Es war mit Herzblut geschrieben.

eintreffe heute

Naivität kann sehr reizvoll sein, taugt aber nicht im politischen Alltag. Zu DDR-Zeiten musste man schönfärben und heucheln, wenn man nicht durch den Rost fallen wollte.

Heute ist es leichter, man braucht die DDR nur zu verteufeln und sich an die CDU anzuschmiegen, da kommt man weiter. Es hat bis jetzt bei allen funktioniert.

Ich hatte das Spiel mit der Doppelzüngelei und der Schönfärberei nicht recht begriffen. Ich war naiv und zudem auch arglos, glaubte an das, was im Neuen Deutschland stand, begriff nicht, dass man zwischen den Zeilen lesen musste. Ich verteidigte aus Überzeugung die Entscheidungen von Partei und Regierung, etwa nach dem Motto: Die Genossen werden sich dabei schon was gedacht haben. Selbst, wenn alle anderen sich über das Politbüro alterierten, stritt ich mit ihnen.

Bei Pannen, die mitunter von existentieller Bedeutung waren, sah ich die Ursache nicht im System, sondern in der Unfähigkeit einiger Mitarbeiter. Die Mangelwirtschaft erklärte ich damit, dass uns Rohstoffquellen fehlten, wir in einem feindlichen Umfeld lebten, mit Boykott rechnen mussten und – dass die soziale Fürsorge für die Bürger das meiste Geld verschlang.

Ich war überzeugt, dass alles seine Richtigkeit hat, die Genossen recht haben und immer die Wahrheit sagen.

Meine verklärte Sicht auf unsere Welt war von dem Wunsch nach Harmonie bestimmt. Ich wollte in Übereinstimmung mit meiner Umwelt leben. Mit einer solchen Einstellung kann man abseits des Geschehens leben, nicht aber auf politischem Glatteis. Ich sollte die Richtigkeit dieser Formel bald zu spüren bekommen. Meine naive Gläubigkeit wurde mir eines Tages zum Verhängnis. Heute denke ich, es war die voraussehbare Strafe für meine Dummheit.

Der Vorfall hatte sich folgendermaßen abgespielt.

Ich war eingeladen, an einer Delegiertenkonferenz der SED teilzunehmen. Man wollte Bilanz ziehen, wie weit man in der ökonomischen, der gesellschaftlichen Arbeit gekommen war. Meine Aufgabe war, über die Kulturpolitik zu sprechen. Ich tat es mit Verve, denn ich war überzeugt, den richtigen Adressaten vor mir zu haben. Ich sagte, Lenin habe mit seinem Postulat: Vertrauen ist gut, Kontrolle ist besser, nicht recht gehabt. Die Kontrolle habe sich zur Zensur ausgeweitet, darunter litten die Schriftsteller, aber auch alle anderen Menschen.

Der Bezirk Cottbus leide außerdem an einer Monotonie im geistigen Leben, genau genommen fände kein geistiges Leben statt. Wir sind Konsumenten der Kultur und keine Produzenten. Es gäbe keine Streitgespräche, wir müssten zwingend über die Rolle der Kunst reden, über

Formalismus und Realismus, über Philosophie, die nicht marxistisch determiniert ist.

Ich erzählte den Genossen von meinen Versuchen im Club der Intelligenz (ich war zu jener Zeit Vorsitzende in diesem Club), eine solche Diskussions-Reihe zu installieren und wie ich dabei gescheitert bin, ich stieß auf Ignoranz und Besserwisserei. Das ökonomische Leben in unserem Bezirk funktioniere, das Geistesleben nicht.

Ich hatte meinen Vortrag reinen Herzens gehalten, ich war davon ausgegangen, die Genossen wollten sich nicht gegenseitig mit Erfolgs-Parolen füttern, sondern ernsthaft bilanzieren. Die Wahrheit ist wie ein Elementarteilchen nicht zerlegbar.

Am Ende der Tagung nahm mich eine Mitarbeiterin der SED-Kreisleitung zur Seite, sagte den verhängnisvollen Satz: Wenn du so weiter machst, müssen wir gegen dich vorgehen.

Das war ein Satz wie ein Hammerschlag. Er ging mir Tag und Nacht im Kopf herum, beherrschte mein Denken, veränderte meine Sicht auf die politische Szene, auf die Leute um mich herum.

Da hatte sich eine Kluft aufgetan, die offensichtlich immer schon da war, die ich aber nicht gesehen habe. Bis zu jenem Augenblick lebte ich in der Überzeugung, ich befände mich mit meinen Genossen in natürlicher Kongruenz.

Um mit gespaltener Seele weiterleben zu können, musste ich etwas tun, ich versuchte, diese Geschichte aufzuschreiben. Es war wichtig zu wissen, wie es einem Menschen geht, der sich verhält, wie ich mich verhalten habe. Der Prozess der Desillusionierung musste nachvollzogen werden, auch wenn es wehtat. Ich wollte über einen

Menschen schreiben, der in treuer Ergebenheit an den Sozialismus geglaubt hat, nun vor einem Scherbenhaufen steht. Was wird aus ihm, wenn er sehend geworden ist.

Ich fing an, die Geschichte aus auktorialer Sicht zu schreiben. Schon nach der ersten Seite erschrak ich, so ging das nicht, es würde ein bitterböses Buch, ein totaler Rundumschlag. Daran war mir nicht gelegen. Böse Bücher führen zu Missdeutungen, zu Missverständnissen, böse Bücher will keiner lesen. Ich musste einen anderen Ton anschlagen, eine andere Sicht finden. Meine Heldin sollte als Ich-Erzähler auftreten.

Die Geschichte sollte aus der Perspektive dieses ebenso naiven wie liebenswürdigen Mädchens erzählt werden. Es musste mir gelingen zu zeigen, wie dieses Mädchen mit feierlichem Ernst und militanter Entschlossenheit den Sozialismus verteidigt. Und wie es dann, Schritt um Schritt, den Glauben an seine Ideale verliert.

Nun bietet die Darstellung eines naiven Charakters die Möglichkeit, Satire einzusetzen. Ich entschloss mich, das Ganze satirisch zu überhöhen. Ich schrieb das Buch in wenigen Wochen. Für mich ein wichtiges Experiment. Ich wusste nicht, ob es mir gelingen würde, sagte auch meinem Lektor nichts davon. Vielleicht dachte ich, er könnte es mir ausreden.

Nur meiner Freundin Renate gab ich das Manuskript. Sie las es in einer Nacht, fand es gelungen, amüsierte sich, hatte allerdings erhebliche Zweifel, ob es je gedruckt werden würde.

Das Experiment gelang. Ich hatte die Geschichte der Agnes geschrieben, ohne die Figur in ihrer moralischen Integrität zu beschädigen. Ich gab das Manuskript meinem Lektor. Ihm ging es wie Renate, er fand es gelungen, sagte: Es könnte zwar ohne eine Änderung in Druck gehen, war allerdings nicht sicher, ob es je dazu kommen würde. Er fing an, einen Ausweg zu suchen und fand ihn auch.

Für jedes Buch mussten zwei Gutachten vorgelegt werden, eines vom Verlagslektor, das zweite von einem Außengutachter. Auf diesen Gutachter kam es an. Mein Lektor suchte einen, von dem jeder wusste, er ging ohne Scheuklappen durchs Leben. Dieser Mann war Dr. Heinz Plavius, ein enger Mitarbeiter des Ministers, sein Berater in allen Fragen des Literaturgeschehens. Das war der raffinierte Schachzug meines klugen Lektors.

Dr. Plavius las das Manuskript, fand es großartig, fand, mit dem Buch käme ein neuer Ton in unsere Literatur. Und so sah dann auch sein Gutachten aus.

Die Zensoren in der Druckgenehmigung sagten sich, wenn der Berater des Ministers das Manuskript zum Druck empfiehlt, muss es in Ordnung sein, also geht alles seinen sozialistischen Gang. Das Manuskript erhielt den begehrten Stempel und ging in Druck.

Mit diesem Ergebnis hatte keiner im Verlag gerechnet. Der Stempel auf dem Manuskript war noch nicht trocken, da rief Dr. Plavius den Verlag an, verkündete die frohe Botschaft, in gleicher Minute rief mein Lektor mich an, sagte nur einen Satz: Es ist durch.

Das Buch bekam den Titel: ... eintreffe heute, es erschien in einer für den Verlag hohen Auflage von zwanzigtausend Exemplaren. Die gesamte Auflage war sofort vergriffen.

Im Westen wurde es ausgiebig rezensiert, ich wurde zu Lesungen nach West-Berlin, München, in einige Städte von Nordrhein-Westfalen, Hamburg und natürlich auch in der DDR eingeladen.

Dann kam das große Donnerwetter. Das Buch wurde verboten. Die Zeitungen bekamen Order, es totzuschweigen. Nur die NDL (Neue Deutsche Literatur), eine seriöse Zeitschrift des Schriftstellerverbandes, setzte sich mit dem Buch auseinander.

Die Besprechung war so böse, so verleumderisch, so beleidigend, so hinterhältig, dass sich andere Autoren betreten fragten, ob das der neue Ton sei, in dem man mit kritischen Schriftstellern umgehe. Auf die Redaktion der NDL ging eine Flut von Leserbriefen und Protesten nieder. Das Buch wurde zum mittelschweren Skandal.

Ich hatte eine Todsünde begangen, dafür musste ich büßen. Das bekam ich bald zu spüren. Die führenden Genossen in Cottbus ließen mich von nun an links liegen, man begegnete mir mit Misstrauen, zeigte mir offen Feindseligkeit. Zu den wichtigen Sitzungen und Besprechungen wurde ich nicht mehr eingeladen. Man erwog, mich als Vorsitzende des Schriftstellerverbandes abzulösen.

Das wäre unweigerlich geschehen, wenn sich ein Nachfolger gefunden hätte. Doch keiner der Kollegen war bereit, das Amt zu übernehmen.

Viele Jahre später, als so etwas wie Tauwetter einsetzte, konnte das Buch wieder erscheinen. Es erlebte danach mehrere Auflagen.

Zähneknirschend wurde mir der Carl-Blechen-Preis I. Klasse überreicht. Die Begründung lautete: In Anerkennung hervorragender Ergebnisse im literarischen zeitgenössischen Schaffen und bei der Entwicklung des geistig-kulturellen Lebens im Bezirks Cottbus.

Ein zweiter Solar plexus

Ich hatte eine Idee, von der ich glaubte, daraus könnte ein Fernsehfilm der Reihe Polizeiruf 110 werden. Ich schickte die Ideenskizze dem Dramaturgen Eberhard Görner, der für die Polizeiruf-Reihe zuständig war.

Nach seinem Okay schrieb ich das Treatment, nachdem das akzeptiert wurde, schrieb ich die Szenenfolge und danach das Szenarium. Das Manuskript ging über mehrere Schreibtische, passierte einige Instanzen, es lag auch dem Ministerium des Inneren vor. Dort wurde es positiv bewertet.

Die Dreharbeit konnte also beginnen. Die Regie wurde Heinz Seibert übertragen. Hauptdarsteller waren Walter Lendrich, Peter Borgelt, Jürgen Frohriep, Sigrid Göhler und Alfred Rücker. Ich gab dem Film den Titel: Im Alter von … Regisseur Seibert änderte ihn in: Am hellerlichten Tag. Das war kein schlechter Titel, ich war einverstanden, über Kleinigkeiten dieser Art streite ich mich nicht.

Ich erzähle deshalb so ausführlich über die Stationen, die das Szenarium genommen hat, weil es für das Schicksal des Filmes von Bedeutung ist.

Im Mittelpunkt der Geschichte, die ich erzählte, steht ein Mann mit pädophil-homosexuellen Neigungen. Er nähert sich einem Knaben, vergreift sich an ihm, der Junge wehrt sich, der Mann tötet ihn.

Um die Psyche eines solchen Mannes zu begreifen, was in ihm vorgeht, fuhren wir zu dritt, der Regisseur, der Dramaturg und ich in eine Haftanstalt. Wir wollten mit Häftlingen reden, die sich eines solchen Verbrechens schuldig gemacht hatten.

Für manchen dieser Männer war es wie eine Erlösung, über ihre Taten sprechen zu können. Ausführlich schilderten sie, wie sie ihr Verbrechen verübt hatten. Obwohl sie medizinisch, mit teuren Medikamenten, therapiert wurden, waren einige von ihnen nicht sicher, ob sie nach Verbüßung der Strafe geheilt sein und sich nie wieder an einem Knaben vergehen würden.

Für mich war es ein schauriges Erlebnis, aber ich wusste nun viel mehr über eine Schattenseite unseres Lebens.

Ich hatte den Film anders konzipiert als der Regisseur ihn sah. Auf keinen Fall war mir daran gelegen, einen sensationellen Fall zu schildern, sondern psychologisch ausgewogene, stimmige Charaktere zu zeigen, Menschen im Konflikt, Menschen im Zwiespalt ihrer Gefühle. Nicht Aktion, sondern Kammerspiel.

Bis zu diesem Zeitpunkt hatte es in der DDR keinen Fernsehfilm gegeben, der sich mit diesem schwerwiegenden Sexualdelikt befasst hatte. Es gab zwar einen Film, sein Titel war: Minuten zu spät, der sich dem Thema vorsichtig näherte. Den Filmleuten hatte es offensichtlich an Mut zur Konsequenz gefehlt, das Delikt wurde nicht vollzogen. Die Polizei konnte das Schlimmste gerade noch verhindern. Der Film war auf dem halben Weg stecken geblieben. Das sollte mir nicht passieren.

Die Dreharbeiten liefen ohne Probleme. Sie dauerten drei Monate, dann war er abgedreht.

Ich war zur Abnahme geladen, wunderte mich, weder der Regisseur, noch der Dramaturg waren anwesend, nur eine Schar mir unbekannter, wichtigtuerischer Leute.

Ich war nicht gerade begeistert über das, was aus meiner

Idee geworden war. Der Film gefiel mir nicht, er hatte sich weit von meinen Intentionen wegbewegt.

Aber nun ist es ja im Filmgeschäft so, dass der Autor nichts zu sagen hat, der eigentliche Macher ist der Regisseur. Es war also vernünftig, mich zurückzuhalten und zu schweigen.

Ich wollte Abstand gewinnen, fuhr hinaus in unsere Hütte am Schwielochsee, verbrachte die Tage in gespannter Erwartung, wie der Film von der Öffentlichkeit aufgenommen wird. Ich saß im Garten, der Himmel wölbte sich hoch und blau. Die Sonne schien warm. Im Schilf sang eine Rohrdommel, in der alten Kiefer hämmerte der junge Specht. Leichter Wind lag auf dem Wasser, formte den See in zierliche Kräuselwellen. Eine himmlische Ruhe, die vollendete Idylle.

Sie hielt indes nicht lange an. Irgendwann fuhr ein Auto mit Berliner Nummer vor, ihm entstieg der hochgewachsene, stets gut gelaunte, fröhliche Dramaturg Eberhard Görner. Fröhlich war er gerade nicht, eher niedergeschlagen und betroffen. Ich freute mich, ihn zu sehen.

Er dämpfte meine Freude, sagte: Was meinst du wohl, weshalb ich hier bin.

Wir kriegen die Goldene Kamera.

Unser Film ist verboten.

Warum?

Er wusste es nicht.

Wir überlegten, was an dem Film gewesen sein könnte, dass man ihn nicht zeigen durfte?

Es dauerte eine Weile, bis sich Gerüchte zu uns herumgesprochen hatten. Das Verbot, so munkelte man, habe mit dem Fall des Fleischerlehrlings Hagedorn zu tun.

Dieser junge Mann aus dem Bezirk Frankfurt/Oder hatte drei kleine Jungen aus sexuellen Motiven auf bestialische Weise getötet. Hagedorn wurde zum Tode verurteilt und hingerichtet.

Das konnte es nicht sein. Denn der Fall Hagedorn war allen bekannt, sowohl dem Ministerium des Inneren als auch dem Fernsehfunk. Mein Szenarium war in Kenntnis dieses Falles entstanden. Mir war sogar gestattet worden, die Ermittlungsakte Hagedorn zu lesen.

Was also hatte die Bosse in Fernsehen und Ministerium bewogen, den Film zu verbieten? Er war in allen Stufen seiner Entstehung ständig unter Kontrolle gewesen. Außerdem hatte ich mich beim Schreiben zurückgehalten, um keine Parallele zum Hagedorn-Fall entstehen zu lassen. So gesehen, gab es keinen Grund, den Film zu verbieten.

Was steckte wirklich dahinter?

Erst viel später reimten wir uns Folgendes zusammen.

In der Bundesrepublik hatte ein junger Mann, er mochte nicht älter gewesen sein als Hagedorn, drei Knaben aus pädophil-sexuellem Motiv auf bestialische Weise getötet. Darüber war eine heftige Debatte in Ost und West entflammt. Psychologen, Wissenschaftler, Kriminalisten versuchten, die Ursache dieser Morde zu ergründen. Sie verglichen die Fälle, ihre Analogie. Dabei wurde die Frage laut, welche Rolle spielt die Umwelt, wird das Bewusstsein von der gesellschaftlichen Umwelt geprägt oder sind genetische Abhängigkeiten im Spiel. Ist der pädophile Homosexuelle möglicherweise das Produkt seiner genetischen Veranlagung. Ein Streit, der Grundfragen der marxistischen Weltanschauung tangierte.

Hatte mein Film vielleicht unbeabsichtigt eine Position

bezogen, die die westliche Sicht stützte? Ich wusste es nicht, war auf Vermutungen angewiesen.

Der Film war also verboten, blieb verboten. Ich hatte mich damit abzufinden, bekam kein Honorar, was mich zusätzlich ärgerte. Noch mehr ärgerte es mich, dass Fernsehchef Adameck anordnete, den Film zu vernichten. Das war gemein, aber auch ungewöhnlich, zumindest nicht üblich.

Verbotene Filme, wie etwa Spur der Steine, wanderten in den Giftschrank. Mein Film sollte, entgegen der Regel, vernichtet werden. Die Leute im Kopierwerk widersetzten sich, kamen der Anordnung nicht nach. Sie versteckten die Filmrollen. Nach der Wende fand man sie. Doch da sie nicht ordnungsgemäß (bei einer ganz bestimmten Temperatur) gelagert worden waren, war das Material geschrumpft, zu meinem Bedauern unbrauchbar.

Albrecht Stuby, Chef des Max-Ophüls-Filmfestivals Saarbrücken bot sich an, das Geld zu sponsern, um dem Film wieder auf die Beine zu helfen. Wenn so etwas technisch überhaupt möglich war. Ich war nicht sicher, ob der Film noch immer wichtig war und riet Stuby ab. Warum sollte er eine Menge Geld für ein zweifelhaftes Experiment ausgeben?

Saarbrücken

Die Oberbürgermeisterin von Saarbrücken, Charlotte Britz, gratulierte mir zu meinem 80. Geburtstag. Sie schrieb, sie wünsche mir viel Glück, Erfolg und Gesundheit und weiterhin viel künstlerische Schaffenskraft …

Eine Kostprobe Ihres dichterischen Könnens haben wir hier in Saarbrücken, während Ihrer Zeit als Stadtschreiberin erleben dürfen.

Die Erinnerung an eine glückliche Phase meines Lebens kam ungehindert und in allen Einzelheiten in mein Bewusstsein. Bis zu dem Tag, da ich selbst Stadtschreiber wurde, hatte ich angenommen, das Amt eines Stadtschreibers ist seinem Wesen nach eine ruhige, auf die literarische Arbeit gerichtete Angelegenheit. Damit hatte ich mich gründlich geirrt. Mein Amt als Stadtschreiber lief unter anderen Vorzeichen. Es wurde zur spektakulären, nahezu gefährlichen Unternehmung.

Angefangen hatte es damit, dass Oskar Lafontaine, als er noch Ministerpräsident im Saarland war, mit Erich Honecker vereinbart hatte, dass in jedem Jahr einige DDR-Schriftsteller ins Saarland fahren dürfen, um dort ihre Bücher vorzustellen.

Im Jahr 1988 war mir diese Gnade zuteil geworden. Ich fuhr gern hin, erlebte in Saarbrücken Warmherzigkeit und lebhaftes Interesse an meiner Arbeit. Bevor ich nach Hause aufbrach, gab Oberbürgermeister Hans-Jürgen Koebnick einen Empfang. Bei diesem geselligen Beisammensein erwähnte der Kulturdezernent, Rainer Silkenbeumer, man beabsichtige, das Amt eines Stadtschreibers zu vergeben. Oberbürgermeister Koebnick sah mich lächelnd an, fragte, ob ich bereit wäre, eine Einladung anzunehmen.

Wer kann einer solchen Verlockung widerstehen, ich jedenfalls nicht. Also überlegte ich nicht lange und sagte zu. Mein Reisepass war zum Glück noch ein ganzes Jahr gültig.

Der erste Stadtschreiber war, wenn ich mich auf meine schwachen Kenntnisse verlassen kann, Johann Christian Friedrich Hölderlin. Er war der erste Stadtschreiber, und zwar in Mainz.

Eine Stadt, die sich einen Stadtschreiber leistet, tut es möglicherweise aus zwei Gründen, sie will sich der übrigen Welt als literarisch interessiert zeigen und sie will den Dichter finanziell unterstützen. In meinem Fall spielte die Unterstützung keine Rolle, aber dafür bekam sie einen eklatant politischen Aspekt. Nie zuvor hatte es ein DDR-Schriftsteller gewagt, Stadtschreiber in einer bundesdeutschen Stadt zu werden. Ich war die Erste, die sich das getraut hatte.

Das war nicht im Sinne der DDR-Kulturpolitiker. Man vermied alles, was als Annäherungsversuch gewertet werden konnte. Keiner sollte glauben, es wäre eine Goodwill-Geste der DDR. Man beschuldigte mich, eine eigenmächtige, auf die Untergrabung der staatlichen Souveränität gerichtete Aktion, begangen zu haben. Extravaganzen dieser Art kommen einen teuer zu stehen. Ich hatte unbewusst und ungewollt Staub aufgewirbelt.

Im Sekretariat des Schriftstellerverbandes gab es Krach. Gerhard Henniger, Chef des Verbandes, war entsetzt. Ich war ohne seine Genehmigung, ohne seinen Segen Stadtschreiber geworden, damit hatte ich die Grenze des Erlaubten überschritten. Das Ehrenamt eines Stadtschreibers war zum Politikum geworden.

In meiner Stasi-Akte fand ich Informationen über diesen Vorgang. Gerhard Henniger hatte sich in der Hauptabteilung XX der Staatssicherheit zu verantworten. Darüber existiert eine Aktennotiz. Sie trägt den Vermerk „Streng geheim", durfte nur in fünf Exemplaren angefertigt werden. Das Schreiben trägt die Nummer 645/88. Es heißt dort unter anderem: Auf der Grundlage einer dpa-Meldung vom 13.10.1988, nach welcher die DDR-Schriftstellerin Kleine, Dorothea, Mitglied des Schriftstellerverbandes, Mitglied des Vorstands des Schriftstellerverbandes, Mitglied der Kommission für internationale Beziehungen sowie der Nachwuchskommission im Schriftstellerverband in der Saarländischen Hauptstadt Saarbrücken das Amt eines Stadtschreibers angetreten haben soll. In einem Gespräch mit dem 1. Vorsitzenden des VS, Genossen Gerhard Henniger, legte dieser Folgendes dar.

Für den VS kam diese Mitteilung völlig überraschend. Für die Kleine sei dieser Ehrentitel eine hohe künstlerische Anerkennung. Jeden Hinweis auf die in ihrer Berufung enthaltene politische Brisanz wies sie konsequent zurück. Ihrer Meinung nach hat das mit Politik nichts zu tun. Diese Problematik hat Genosse Henniger bereits mit zentraler Stelle beraten. Man ist dort zu der Auffassung gekommen, aus politischen Gründen nichts gegen die Kleine zu unternehmen. Im Nachhinein wird eine Aussprache mit Mitgliedern des Präsidiums und der Kleine angestrebt.

Ohne zu ahnen, dass sich inzwischen dunkle Wolken über meinem Haupte zusammengebraut hatten, war ich nach Cottbus zurückgekommen, arglos, ohne einen Hauch von schlechtem Gewissen.

Ich war gerade dabei, meinen Koffer auszupacken, als zwei Männer der Staatssicherheit bei mir auftauchten. Sie beriefen sich auf ein Interview, welches ich dem Morgenmagazin der ARD gegeben hatte. In diesem Interview hatte ich gesagt, ich wolle ein Buch über meine Zeit in

Saarbrücken schreiben. Nun verlangten sie das Manuskript von mir. Falls ich mich weigern sollte, sagten sie, würde sich der Staatsanwalt mit mir befassen. Die Drohung machte mir Angst, ich gab es ihnen trotzdem nicht.

Zum ersten Mal fühlte ich mich nicht wohl in meiner Haut. Ich begann, mich vor meinen Landsleuten zu fürchten. Man unterstellte mir, eine staatsfeindliche Handlung begangen und gegen die DDR intrigiert zu haben. In Wirklichkeit hatte ich nur dem natürlichen Drang, eine fremde Welt zu entdecken, nachgegeben.

Die Tage nach dem Besuch der beiden Schreckgespenster verbrachte ich in tiefer Unruhe, schlief schlecht, hatte Albträume, war unfähig zu arbeiten.

Meine Saarbrücker Erlebnisse waren zur Nebensache geworden. Ich begann zu bereuen, die Reise angetreten zu haben, gestand mir ein, mit der Naivität eines Traumtänzers in dieses Abenteuer gegangen zu sein. Mein politischer Verstand hatte versagt, ich hätte mir die Folgen ausrechnen müssen.

Mein Fehler war, die Welt so gesehen zu haben, wie ich sie sehen wollte und nicht, wie sie wirklich war. Also konnte ich mich jetzt nicht beklagen.

In meiner Ratlosigkeit überlegte ich, wer von meinen Freunden mir helfen könnte. Aber da war keiner, der die Macht dazu gehabt hätte.

Dann kam plötzlich alles anders. In Berlin bejubelten Honecker und Gorbatschow den 40. Jahrestag der Republik. In seiner naiven Einfalt ahnte Honecker nicht, dass, während Gorbatschow Freundschaft zur DDR demonstrierte, seine Leute in Bonn den Untergang der DDR verhandelten. Die Massendemonstrationen in fast allen Städten des Landes waren für Gorbatschow die historische Legitimation. Gorbatschow machte seinen Seitenwechsel offiziell und händigte Helmut Kohl unser Land aus. Der Untergang war beschlossen.

Für mich jedenfalls war es die Rettung. Und um es zu bekennen: Ich möchte die DDR, so wie sie war, nicht wiederhaben. Dieser Staat hat den Untergang verdient, das Volk nicht.

Die Leute von der Staatssicherheit hatten jetzt anderes zu tun, sie mussten ihre eigene Haut retten. So entkam ich der Inquisition.

I like Gorbi, hatte ein Kollege an sein Auto geklebt. Das würde er heute nicht mehr tun.

Als sich die Wogen ein wenig geglättet hatten, Ruhe eingekehrt war, schrieb ich das Buch über meine Zeit als Stadtschreiber. Es erschien in der Edition Karlsberg im Hempel-Verlag Saarbrücken, es hatte den Titel: Ausflug mit Folgen.

Amerika

In Saarbrücken hatte ich eine Begegnung der besonderen Art. Neben meinen Erkundungen im Landtag des Saarlands, einer Reise mit Oskar Lafontaine nach Saarlouis und anderen Verpflichtungen war ich ständig zu Lesungen unterwegs. Ich las in Schulen, Frauenorganisationen, bei Abgeordneten des Landtags, in der Universität, im Saarländischen Rundfunk und sogar im exklusiven Rotary-Club.

Bei einer Lesung in einer Buchhandlung betrat eine hochgewachsene, weißhaarige Frau den Raum, sie kam mir irgendwie vertraut vor. Während der Lesung sah sie mich unverwandt an. Nach dem Vortrag wartete sie, bis alle anderen gegangen waren, dann kam sie an meinen Tisch und stellte mir merkwürdige Fragen. Sie wollte meinen Mädchennamen wissen, meinen Geburtsort, sogar den Namen meiner Eltern. Als ich ihr freundlich zu verstehen gab, dass ich ihre Fragen für nicht angebracht halte, sie auch nicht weiter beantworten möchte, sagte sie lächelnd: Ich bin deine Cousine Lisa.

Oh Gott, meine Cousine. Ich hatte eine Menge Cousinen, zehn an der Zahl, ich hatte längst die Übersicht über meine Cousinen verloren. Lisa war eine von ihnen, was aus ihr geworden war, wusste ich nicht. Ich überlegte, was es mit Lisa auf sich hatte, was ich noch von ihr wusste, fürchtete, die Cousinen durcheinander zu bringen.

Lisas Vater war Stadtarchitekt in Berlin Lichtenberg. Die Familie gehörte in die Sippe meiner Mutter. Lisa hatte zwei Schwestern und zwei Brüder. Lisa studierte Medizin und war kurz nach dem Krieg nach Amerika gegangen. Von da an hatte ich nie wieder von ihr gehört, ich wusste nicht, wo sie lebt, ob sie überhaupt noch lebt.

Nach vielen Jahren war sie nun zu Besuch nach Deutschland gekommen, zufällig nach Saarbrücken, zufällig zu einer Zeit, in der auch ich in Saarbrücken war. Aus der Zeitung hatte sie von meiner Lesung erfahren, mein Foto gesehen, war gekommen, sich zu überzeugen. Nun stand sie vor mir, und ich dachte, so viele Zufälle kann es doch gar nicht geben.

Das letzte Mal hatten wir uns im Jahr 1943 gesehen, ich war mit meinem großen Bruder zu Besuch bei Onkel und Tante in Berlin.

Wie aus dem Nebel stieg eine längst vergangene Zeit vor uns auf. Unsere Lebenswege hatten sich weit verzweigt, waren weit auseinander gelaufen. Eigentlich waren wir Fremde.

Nun saßen wir die halbe Nacht, holten die Erinnerungen aus der Tiefe unseres Bewusstseins hervor.

Sie waren fünf Kinder, drei Mädchen und zwei Jungen. Beide Jungen sind, wie auch meine beiden Brüder, im Krieg geblieben. Lisa studierte Medizin, Ina, die jüngere Schwester, Zahnmedizin. Sie waren beide schon approbierte Ärzte, als sie nach Amerika gingen, dort wurde ihr Examen nicht anerkannt. Sie mussten erneut studieren, das Staatsexamen nachholen und ihre Dissertation verteidigen. Dann erst bekamen sie ihre Lizenz, die sie jedes Jahr neu erwerben mussten. Danach konnten sie sich auf die Suche nach Arbeit machen.

Lisa hielt sich als medizinischer Abenddienst in New York am Broadway über Wasser. Als sie die amerikanische Approbation hatte, ging sie nach Orlando, arbeitete im Krankenhaus. Der Mann, den sie heiratete, ein Chirurg, war Chefarzt am gleichen Krankenhaus.

Irgendwann, im Verlauf dieses sehr langen Abends, sagte Lisa den ebenso banalen wie folgenschweren Satz: Besuch uns mal in Florida.

So ein Satz bleibt nicht ohne Folgen. Er sitzt im Kopf, arbeitet, will da gar nicht wieder raus und wirkt wie eine Droge. Ich versuchte, ohne wirklich Hoffnung zu haben, einen Pass für Amerika zu bekommen. Er schlug erwartungsgemäß fehl.

Es sollte nicht lange dauern, bis das Undenkbare denkbar wurde. Die Grenze fiel und mit ihr jede Beschränkung. Als ich Pass und Flugticket in den Händen hielt, war ich aufgeregt, wie nie zuvor in meinem Leben. Nur wenige Monate nach der Grenzöffnung flog ich nach Amerika.

Der Literaturwissenschaftler Dr. Jürgen Grambow schrieb im Essayband „Literaturbriefe", der bei Luchterhand erschienen ist, über meine Reiselust: … Dorothea Kleine verstand es wie keine zweite, das Karussell der Reisediplomatie zu drehen. Sie reiste, das Glück zu finden. Auf jede Reise nahm sie sich mit, von jeder Reise brachte sie sich zurück …
Er hatte mich durchschaut, der Jürgen Grambow, ich reiste, um mich mit der Welt da draußen ins Verhältnis zu setzen, mich an ihr zu messen, auch, mich zu finden. Aber ich reiste hauptsächlich, um wiederzukommen. Es war mit Finnland so, mit Frankreich, mit Österreich, Schweden, Sibirien, Ungarn, Jugoslawien, Kasachstan. „Und sie war jedes Mal ernüchtert", schrieb Jürgen Grambow weiter, „falls das Wort enttäuscht zu stark sein sollte."
Würde es mir mit Amerika vielleicht auch so gehen?

Die Einwanderungsbehörde der Vereinigten Staaten von Amerika ist eine ebenso eigensinnige wie unerbittliche Unternehmung. An ihr kommt man nicht vorbei. Unser Flugzeug befand sich noch hoch über den Wolken, als sich eine Frau, offensichtlich im Auftrag der Einwanderungsbehörde, an die Arbeit machte. Ich bekam feuerrotes Papier in gehörigem Umfang in die Hand gedrückt, darauf Fragen, die ich erst auf den zweiten Blick ernst nehmen konnte. Also da stand: Beabsichtigen Sie, sich an kriminellen oder unsittlichen Handlungen zu beteiligen? Wie beantwortet man eine solche Frage? Hier wird kein Verbot ausgesprochen, keine Strafe angedroht, hier wird lediglich gefragt, ob man so etwas zu tun gedenkt. Da wäre es ja von Nöten, dass man das amerikanische Strafrecht kennt, wie sollte man sonst wissen, was sie unter einer unsittlichen Handlung verstehen.

Auch eine andere Frage brachte mich in Erklärungsnot: Leiden Sie an einem psychischen Defekt? Großer Gott, wer weiß das schon von sich. Wer kann von sich behaupten, keinen Defekt zu haben?

Im Ton des kategorischen Imperativs ordnete die Behörde an, nach drei Monaten müsse ich das Land wieder verlassen, eine Arbeit aufzunehmen, wäre nicht gestattet.

Mit reinem Gewissen konnte ich der Behörde versichern, sie brauche sich meinetwegen keine Sorgen zu machen, in sechs Wochen würde ich das Land längst wieder verlassen haben.

Das rote Papier der Einwanderungsbehörde gab mir das Gefühl, in diesem Land unerwünscht zu sein. Dieses Gefühl wurde ich erst wieder los, als ich bei meiner Cousine war.

Das erste, was ich von Amerika sah, war der weiße Strand von Florida, das blaugrüne Wasser des Atlantischen Ozeans. Der Himmel war von reinem Blau. Unser Airbus hatte an Höhe verloren, wir schwebten sachte ins Land. Die Frau neben mir sagte: Das da unten ist Cape Canaveral, in der großen Halle werden die Raketen gebaut.

Meine amerikanische Familie gehörte zum gehobenen Mittelstand. Sie konnte sich ein wunderschönes Haus in bester Gegend leisten, auch ein zweites Haus im Norden, an der Grenze zu Kanada. Dorthin fuhren sie, wenn es ihnen in Florida zu heiß wurde.

Von meinem Fenster aus sah ich den Lake Dora. Der See ist nur drei Minuten entfernt. Jeden Morgen unterdrückte ich uneinsichtig meine Lust, in den See zu springen. Das ist nämlich verboten. Der See ist Privatbesitz, wenn sie mich erwischten, hätte es Ärger gegeben. Notgedrungen begnügte ich mich mit dem Swimmingpool im Wintergarten.

Gelegentlich fuhren wir zum Atlantischen Ozean, aber auch dort durften wir nicht einfach an den Strand gehen und ins Wasser springen, wie wir es an der Ostsee gewohnt sind. Das Betreten des Strandes ist nur Hotelgästen gestattet. Zum Glück kannte Lisa das Schlupfloch, durch das wir ans Meer gelangten und ins Wasser springen konnten.

Nach drei Tagen in Lisas Haus merkte ich, dass ich in eine Ehekrise geraten bin. Für die Eheleute ist eine Ehekrise eine unerfreuliche Situation, für einen Unbeteiligten ist sie noch unerfreulicher. Ich blieb standhaft, mischte mich nicht ein, dazu hatte ich kein Recht, wer kennt sich schon aus in den vielschichtigen Beziehungen zweier Menschen, die in einem Geflecht von Bindungen und Abhängigkeiten stecken. Ich machte auch keinen Versuch, mich als Schiedsrichter anzubieten. Ich litt still und tapfer und beide taten mir leid. Als Experte für Ehe- und andere Lebenskrisen weiß ich, dass es keine absolute Wahrheit gibt, dass selbst Tatbestände ambivalent sind.

Lisa und ihr Mann waren vierundvierzig Jahre verheiratet, zogen zwei Kinder groß, Tochter Tanja ist Professorin an der Universität in Vermount, Sohn Bob Präsident einer Bank im Staate New York.

Eheleute in Amerika verhalten sich im Spannungsfeld einer Krise ebenso töricht wie Eheleute in Deutschland. Jeder folgt seiner Logik und die hat oft mit dem gesunden Menschenverstand nichts zu tun.

Wir haben uns auseinandergelebt, sagte Lisa, ich möchte Golf spielen, reisen, Freunde besuchen, er sitzt zu Hause, die Zeitung und der Hund genügen ihm.

Lisa isst vegetarisch, er isst Fleisch, sie mag Wein, er rührt keinen Alkohol an. Er wählt die Republikaner, sie die Demokraten. Ihr Schicksal entschied sich in den Tagen, in denen ich bei ihnen war. Mir tut das Herz weh, wenn ich an sie denke. Am Tag meiner Abreise brachten mich beide zum Flughafen nach Orlando. In ihrer Umarmung lag Resignation und etwas von dem Schmerz über ein falsch gelebtes Leben.

Jackson Place Nr. 740, Washington 20503, White House ist die wichtigste Adresse für Amerika. Es ist die Anschrift des Präsidenten der Vereinigten Staaten. In Washington zu sein und nicht ins Weiße Haus zu gehen, kommt einer Blasphemie gleich.

Wir flogen von Orlando nach Washington und gingen natürlich ins Weiße Haus. So etwas funktionierte allerdings nur, wenn der Präsident nicht zu Hause ist. Bush sen. konferierte gerade in Paris. Wir durften in das Zimmer, in dem der Präsident seine Besucher empfängt. Dieses Zimmer haben wir alle hundertmal im Fernsehen gesehen. In der Mitte der Kamin, rechts und links die Sessel. Der Präsident sitzt immer auf der rechten Seite.

Wir tippelten durchs Haus in angemessenen kleinen Schritten, wagten nur zu flüstern, als könnten unsere groben Alltagsstimmen die Weihe des Hauses stören.

Wir bestaunten das Tafelsilber der verschiedenen Präsidenten, auch die Gläser, aus denen sie getrunken haben. Da konnte man sich gleich ein Bild machen vom Geschmack des jeweiligen Präsidenten. John F. Kennedy zum Beispiel mochte weder Kristall noch Goldrand, er trank am liebsten aus einfachen, schlichten Gläsern. Eine Tasse ist eine Tasse. Aber wenn Mister Reagan daraus getrunken hat, wird sie zur Reliquie.

In Washington wohnten wir im Hotel „Washington", es liegt direkt neben dem Weißen Haus, nur das Finanzministerium hat sich dazwischen gedrängt. Es ist ein Hotel alter Schule in dezenter Eleganz, viel Plüsch, viel Stuck, hohe Räume, viel Gold, goldbetresste Türsteher, Samtvorhänge mit Quasten und Kordeln.

Es war an einem Abend, als wir erschöpft von einem Ausflug nach Georgetown ins Hotel zurückkamen. Wir setzten uns ins Foyer, Lisa wollte eine Zigarette rauchen. Da sahen wir die lange Tafel, die man aufgebaut hatte, ein kaltes Büfett mit erlesenen Speisen und Getränken. Ich war ganz außer mir, was für ein Hotel, dachte ich, toll, wie großzügig die Amerikaner sind. Das glaubt mir zu Hause keiner. So ein Entgegenkommen hatte ich nirgendwo, in keinem Land erlebt. Wir bedienten uns, wie all die anderen Gäste im Foyer, auf dem Büfett war alles, was man sich nur denken konnte. Wir aßen und tranken, es war wunderbar.

Nach einer Weile öffneten sich die Schiebetüren, heraus kamen die Teilnehmer einer Konferenz, für die war das kalte Büfett bestimmt gewesen. Lisa verzichtete auf ihre Zigarette, wir verschwanden im Fahrstuhl, fuhren hinauf in unsere Zimmer.

Lisa fragte: Wollen wir nach Cape Canaveral?
Wie hätte ich da nein sagen können?
Der Weg dahin führt über eine schmale Straße, die in den Ozean hinein gebaut worden war, also rechts und links der Straße ist Wasser.

Lisa fragte: Willst du mal ein Krokodil sehen. Ich hielt es für einen Scherz und lachte. Sie hielt an, wir machten ein paar Schritte zum Wasser hin, da raschelte es zu unseren Füßen. Ein Krokodil, das faul in der Sonne gelegen hatte, flitzte ins Wasser zurück. Krokodile kann man bei uns nur im Zoo sehen, auf Cape Canaveral lungern sie einfach so rum.

In der weiten Welt der Kosmos- Abenteurer, dem Milliardenspielzeug der NASA, begriff ich wie nirgendwo anders das aufflammende Selbstbewusstsein der Amerikaner. In dem Raum, von wo aus die Wissenschaftler die Mondlandung verfolgt hatten, überkam auch mich eine sonderbare Rührung, so als wäre ich dabei gewesen.

Morgen startet die Discovery, sagte Lisa, wenn du willst, könnten wir uns das unglaublich schöne Schauspiel ansehen, am besten vom zehnten Stock eines Hauses. Da geh ich oft hin, es ist der ideale Standpunkt.

Wir liefen zu diesem Haus, fuhren in den zehnten Stock, gingen hinaus auf die Balustrade. Dann geschah es, die Rakete stieg auf, wir waren ihr ganz nah, sahen den überwältigenden, schönen, schrecklichen Feuerschein am Nachthimmel. Die Discovery machte sich auf, ins Weltall zu fliegen. Es war ein Erlebnis, das ich nie vergessen werde. Es führt einem die eigene Winzigkeit vor Augen.

Lisa und ich waren die einzigen Zuschauer auf der Balustrade. Ich fragte mich, wo denn die Bewohner des Hauses wären, warum sie sich dieses großartige Schauspiel entgehen lassen. Auf dem Weg zurück zum Fahrstuhl, sahen wir sie, sie saßen vor ihren Fernsehern, sahen sich den Start der Rakete an.

Das Rockefeller Center in New York ist siebzig Stockwerke hoch. Wenn man von da oben hinunterschaut, sind die Menschen nicht mehr als Menschen zu identifizieren. Man nimmt sie als eine strukturlose graue Masse wahr. Die Macht des Giganten.

Im Erdgeschoss ist ein Wandbild. Die Rockefellers hatten den weltberühmte mexikanische Maler Diego Rivera beauftragt, die Weltgeschichte darzustellen. Als er damit fertig war, wurde das Kunstwerk von Kunstkennern bewundert, bestaunt und hoch gepriesen. Die Rockefellers indes ließen es vernichten, unten rechts, winzig klein, etwa in Briefmarkengröße war der Kopf von Lenin zu sehen. Als hätte Lenin mit der Weltgeschichte nichts zu tun gehabt. Auch das ist Amerika, aber das kann ich nicht bewundern.

Lisa wollte mit mir über ihre Zukunft reden. Sie habe vor, sagte sie, sich von ihrem Mann zu trennen und sie wünschte, ich bliebe für immer bei ihr in Florida. Das löste zwiespältige Gefühle in mir aus. Ich hatte Lisa gern, kam gut mit ihr aus, sie war klug und großzügig. Ich hätte den Rest meines Lebens mit ihr teilen wollen, aber nicht in Amerika. Das war kein Land, in dem ich leben wollte. Die soziale Struktur des Landes widersprach meiner Auffassung von Gerechtigkeit. Mich irritierte die Gleichgültigkeit, mit der man den Armen und Schwachen begegnete.

Vielleicht hat sich jetzt etwas verändert, es sind immerhin zwanzig Jahre seitdem vergangen und Obama ist da. Damals war an einen Präsidenten dieser Prägung nicht zu denken. Nein, nicht Amerika, nicht Florida. Cottbus ist die Stadt, in der ich leben will. Sie ist längst meine Stadt geworden. Ich mag die Cottbuser.

In Amerika hatten mich nicht nur die Sehenswürdigkeiten interessiert, sondern auch die soziale Lage der Bürger, die Arbeitslosigkeit, die Gesundheitsfürsorge und wie das System der zwei Klassen funktioniert. Als ich wieder zu Hause war, setzte ich meine sozialen Erkundungen im eigenen Land fort. Ich studierte die Programme der einzelnen Parteien, dabei stieß ich auf eine Partei, die sich dem amerikanischen Prinzip nähert. Ihr Programm lautet: Privatisierung. Nur wenn sich der Staat aus der Verantwortung für seine Bürger raushält, ist die Freiheit des einzelnen gesichert. Die Eigenverantwortung ist das Glück des Menschen. Die Fürsorge des Staates engt den Bürger ein.

Der Partei, die sich so intensiv um das Wohl des Volkes bemüht, möchte ich einen Tipp geben: wenn die Wälder, die Seen, die Flüsse, die Straßen, das Meer, die Krankenhäuser, die Wohnungen, die Schwer- und die Leichtindustrie, die Bahn und die Post in privater Hand sind, könnte man auch die Armee privatisieren, die Polizei, die Gerichte und die Gefängnisse.

Und wenn das alles geschafft ist, privatisiert man dann die Regierung. Dann sind die Deutschen weiter als die Amerikaner.

Saarbrücken hatte noch eine andere Überraschung für mich. Nach meinem Aufenthalt in Saarbrücken schrieb ich für den Verlag Das Neue Berlin einen Krimi, in dem Saarbrücken eine Rolle spielt. Das Buch hatte den Titel: Im Namen der Unschuld. Eine Buchhandlung in Saarbrücken stellte das Buch ins Schaufenster, lockte die Leser mit folgendem Slogan: Kriminalist aus Saarbrücken ermittelt im Osten.

Ein Filmproduzent aus München spazierte an der Buchhandlung vorbei, sah den Text, ging in den Laden und kaufte das Buch. Er las den Roman und war so angetan, dass er sich sofort die Filmrechte sicherte. Er verpflichtete den bekannten Regisseur Andreas Kleinert aus Babelsberg. Der Film wurde gedreht, für die weibliche Hauptrolle holte man Barbara Sukowa aus Hollywood, die männlichen Hauptdarsteller waren Mathias Habich und Udo Samel. Der Film hatte eine lebhafte Resonanz, er lief auf mehreren Festivals. Die „Berliner Morgenpost" titelte: Im Namen der Unschuld. Einziger deutscher Film erhielt in Venedig starken Beifall.

Nichts bleibt, wie es ist

Ich habe lange nicht gewusst, dass organische Erkrankungen einen psychosomatischen Ursprung haben können. Erst als ich die Vorlesungen von Frau Professor Kohler hörte, die sie am Literatur-Institut in Leipzig hielt, an dem ich zwei Jahre lang studieren konnte, wurde mir dieses Phänomen bewusst.
Professor Kohler, übrigens eine Kapazität auf diesem Gebiet, leitete das Institut für psychosomatische Erkrankungen, forschte auf diesem Gebiet. Durch sie begriff ich den komplizierten, sensiblen Zusammenhang von Psyche und Physis. An Beispielen vom Krankheitsverlauf bestimmter Patienten wurde uns Studenten die Kausalität vom seelischen Absturz und der organischen Erkrankung begreifbar. Ein Mensch, der in eine ausweglose Situation geraten ist, reagiert mit einer organischen Erkrankung. Sein Körper übernimmt bereitwillig die Folgen seiner

seelischen Erschütterung.

Damals in Leipzig, am Literatur-Institut, war mein Leben noch in Ordnung. Nichts deutete daraufhin, dass ich selbst einmal diesem Trauma zum Opfer fallen würde.

Die Wende spielte dabei eine wesentliche Rolle. Durch sie war ich in eine seelische Zerreißprobe geraten. Mein Glaube an eine Welt, die sich Sozialismus nannte und die Gerechtigkeit auf ihre Fahnen geschrieben hatte, war zerstört. Ich hatte den Glauben an den Sozialismus nicht durch eigene Erkenntnisse verloren, das hätte ich als einen Erfolg meiner analytischen Fähigkeit verbucht. Mein Glaube war mir durch Fremdeinwirkung genommen. Das löste innere Kämpfe, Zweifel, Niedergeschlagenheit, Selbstzweifel aus. Mein Optimismus war der Mangel an Information. Ich litt unter dem Verlust meiner Illusionen und verstand die Welt nicht mehr. Dazu kam die bestürzende Erkenntnis, dass Freunde und Bekannte, die vor der Wende eifernde Sozialisten waren, mit militanter Entschlossenheit den Sozialismus verteidigt hatten, nun ihre Überzeugung über Bord warfen. Über Nacht waren sie zu Bewunderern der kapitalistischen Ordnung geworden, warfen sich den neuen Herren demütig an die Brust. Und manch einer von ihnen wurde zum Denunzianten.

Zu meiner persönlichen Katastrophe kam hinzu, dass ich am Ende meiner materiellen Existenz angelangt war. Die Nachauflagen, die vom Verlag für 1990 geplant waren, durften nicht erscheinen. Traumreisen, das Buch, von dessen Honorar ich leben wollte, vermoderte in einem Dreckloch. Den Vertrag mit dem Fernsehen gab es nicht mehr, denn es gab kein Fernsehen mehr. Der Mann aus Bayern namens Mühlfenzel hatte es gnadenlos liquidiert.

Und meine Rente war so hoch, dass ich mir einen qualitativ hochwertigen Strick hätte leisten können.

Ich war nicht einmal überrascht, als ich eines Tages ein Knötchen in meiner Brust entdeckte. Ich dachte, ist das das Fazit eines falsch gelebten Lebens oder nur die logische Folge meiner verworrenen Situation?

Meine Berliner Freundin Renate drängte mich, zum Arzt zu gehen, sie rief täglich an, beschwor und beschimpfte mich.

Ich war antriebslos, mutlos, ich war mir selbst gleichgültig geworden. Und ich sagte mir, es ist doch nicht einmal erwiesen, ob es wirklich Krebs ist. Als Krankenschwester wusste ich um den Verlauf einer solchen Erkrankung, was an ihrem Ende steht, wenn man nichts unternimmt. Ich war an einem Tiefpunkt angelangt, dann kann es ebenso mit mir zu Ende gehen.

Doch irgendwann ging ich dann doch zum Arzt. Zunächst entdeckte er überhaupt nichts, dann sagte er: Harmlos, dieses Knötchen, das kommt bei Frauen ihres Alters immer mal vor. Trotzdem gab er mir eine Überweisung zur Mammografie. Der Mammographie-Arzt tröstete mich mit fast den gleichen Worten: Da ist nichts, sagte er, das Knötchen ist harmlos, es ist nur ein kleines Fettgewebe.

Die Untersuchung hatte in der Nähe der Poliklinik stattgefunden. In der Poliklinik, von der es hieß, man wolle sie abschaffen, arbeitete ein Freund von mir, ein Arzt. Ich dachte, ich könnte ihm mal ganz schnell Hallo sagen und ging zu ihm. Natürlich erzählte ich, was mit mir war. Er sagte: Geh gleich mal zwei Türen weiter zu Dr. T., richte einen schönen Gruß von mir aus und erzähl ihm, was du mir erzählt hast.

Dr. T., ein bekannter Chirurg unserer Stadt, brauchte etwa drei Minuten, um festzustellen, dass das Knötchen eine bösartige Zellwucherung, also Krebs war.

Wenige Tage später lag ich auf dem Operationstisch. Die histologische Untersuchung bestätigte die Diagnose von Dr. T. Ich verlor meine Brust, aber ich war mal wieder gerettet.

Danach war es, als lichte sich der Nebel über meinem düsteren Alltag. Eines Tages klingelte das Telefon. Eine Journalistin, wir kannten uns seit langem, fragte, ob ich bereit wäre, Gerichtsberichte für den Rundfunk zu schreiben. Dieser Tag war ein glücklicher Tag. Ich wurde Gerichtsreporter.

Und ich bekam wieder Geld in die Tasche.

Als mir die Lausitzer Rundschau anbot, auch für sie Gerichtsberichte zu schreiben, sagte ich gern zu.

Es ging gegen meine Journalistenehre, dem Rundfunk die gleichen Gerichtsberichte zu liefern, wie sie in der Zeitung gestanden hatten. Also trabte ich Tag für Tag ins Gericht, schrieb über Delikte, die symptomatisch waren für die emotionale, die politische, die materielle Situation der Menschen nach der Wende. Es waren mitunter Delikte, die heute, zwanzig Jahre nach der Wende, nicht mehr geschehen würden. Jede Zeit, denke ich, hat ihre spezifische Kriminalität.

Da war die Geschichte von Peter V. und Reinhard M., die ihren Anfang in der DDR nahm. Peter hasste die DDR und alles, was mit ihr zusammenhing. Er unternahm eine Republikflucht, wurde dabei geschnappt und wanderte für zwanzig Monate ins Gefängnis. Reinhard M. war Offizier der Staatssicherheit.

Eines Abends, Peter V. war wieder auf freiem Fuß, ging er mit seiner Frau in ein Tanzlokal. Der Zufall wollte es, dass auch Reinhard M. an diesem Abend mit seiner Frau in das Tanzlokal ging. Der Zufall trieb sein Spiel auf die Spitze, als es verfügte, dass beide Paare an einem Tisch Platz nahmen. Unterschiedlicher konnte ihre Haltung, ihre politische Einstellung nicht sein. Trotzdem verheimlichte keiner dem anderen seine Lebenssituation. Es entstand eine vorsichtige Freundschaft. Sie hielt an, als Peter V. in eine andere Stadt zog. Sein unendlicher Hass auf die DDR hatte sich eher noch verschärft. Er wagte eine zweite Republikflucht, die ihm diesmal auch gelang. Seine beiden Söhne durften ihm wenig später folgen.

Dann kam die Wende. Peter V. lebte in Westberlin, noch immer war sein Hass auf die DDR ungebrochen. Er war nicht in der Lage, ihn umzuwandeln in politische Gelassenheit und dem beruhigendem Gefühl, dass die Geschichte ihr historisches Urteil gesprochen habe. Er erwartete von der Bundesregierung eine rigorose Abrechnung mit allem, was an die DDR erinnerte und er verlangte lebenslänglichen Kerker für alle Akteure der Staatssicherheit, der Polizei und der Justiz.

Doch die Bundesregierung in ihrer unendlichen Güte und Nachsicht, so meinte Peter V., tat nicht, was er wünschte, seiner Meinung nach behandelte sie diese Leute mit zu großer Milde. Also sah er sich gezwungen, selbst den Racheengel zu spielen, Rächer der Nation zu werden.

Mit verstellter Stimme rief er Reinhard M. an, mit dem er seit der Wende wieder Kontakt hatte, forderte von ihm 30.000 DM, damit könne er sich freikaufen, wenn er nicht zahle, würde er seine neu erworbene Existenz zerstören und ihn an den Pranger stellen.

Reinhard M. ging nur scheinbar auf seine Forderungen ein, machte aber eine Anzeige bei der Polizei.

Als Peter V. dann mit elektronisch verzerrter Stimme die Modalitäten der Geldübergabe mitteilte, war das Drama schon gelaufen.

Bei der Übergabe des Geldes wurde Peter V. festgenommen. Vor Gericht erklärte er, er habe das Geld nicht behalten wollen, er brauchte es, um eine Kampagne zu finanzieren, damit alle überführt und bestraft würden, die treu zur DDR gehalten hatten.

Der Richter konnte Peter V. keine Bereicherungsabsicht nachweisen und stellte das Verfahren ein. Peter V. hatte lediglich eine Geldbuße zu zahlen.

Hochzufrieden verließ er den Gerichtssaal …

Das Leben – ein Geschenk – zu den Erinnerungen von Dorothea Kleine

Die Müdigkeit, die „Herbstzeit", erlaubte es Dorothea Kleine nicht, dieses Buch zu beenden. Ihre Gesundheit war schwach, jedoch verfügte sie über eine innere Stärke, einen buchstäblich eisernen Willen.

Auf ihrem Schreibtisch fand ich beim Durchsehen einiger Papiere ein Gedicht von Johannes R. Becher mit dem Titel „Müde".

Sie hatte das Gedicht ausgeschnitten und so platziert, dass sie es beim Schreiben vor Augen hatte. Es zeigt wohl einen anderen, einen schwachen Moment. Ich hätte sie gern gefragt, ob diese Zeilen sie bewogen haben, ihre Erinnerungen zunächst „Herbstgedanken" zu nennen:

Müde
Müde bin ich alles dessen,
All der Pein, jahraus, jahrein,
Und ich will nichts als vergessen
Und will selbst vergessen sein.

O wie müd bin ich des allen,
All der jahrelangen Pein,
Herbstzeit ist. Die Blätter fallen.
Und wir gehen ins Dunkel ein.
Aus „Hundert Gedichte" (1948)

Viele Gerichtsberichte schrieb Dorothea Kleine. Sie finden sich in einer großen Anzahl in Ordnern und Mappen, die ihre Veröffentlichungen enthalten – die nun plötzlich die Bezeichnung „Nachlass" tragen.

Ihr letzter Satz, sie schrieb ihn am Vortag ihres Todes, heißt: „Hochzufrieden verließ er den Gerichtssaal." Der Mann, um den es in dieser Verhandlung ging, und seine Tat wurden von der Autorin auf dessen Motive und Beweggründe untersucht. Der Mensch dahinter, die gesellschaftliche Dimension der Tat, das war es immer, was sie interessierte, was es zu ergründen und zu bewerten gab. Das Warum. Dabei blieb ihr Blick unbestechlich. Mit Oberflächlichkeiten und Klischees gab sie sich nie zufrieden.

Ihre unvollendeten Erinnerungen lassen einerseits ein klares menschliches Bekenntnis für eine gerechtere Welt erkennen (sie lassen mich, die ich nicht dabei war, die Emotionen der Aufbruchsstimmung in den 50er Jahren erahnen), zeigen aber auch zunehmend Zweifel an der politischen Umsetzung des Systems in der DDR. Auch reflektieren ihre Romane, dass sie unsicher wurde. Ihre kritische Sicht auf Ungerechtigkeiten in unserem Land und auf das Schicksal Benachteiligter war jedoch nie unsicher. Sie ging mutig und unbeugsam einen absolut gradlinigen Weg in undurchsichtigen Zeiten.

Nicht alle Erlebnisse und Erfahrungen konnte Dorothea Kleine wie geplant in ihren Erinnerungen verarbeiten: eine große Anzahl weiterer Romane – immerhin waren es insgesamt 20 Bücher und Erzählungen, der Kampf gegen neue und alte Krankheiten, schöne Erlebnisse mit Freunden und der Familie …

„Ich möchte über dich schreiben", sagte sie vor einigen Wochen zu mir. „Wenn es so weit ist, musst du das lesen …, mir ist das wichtig. Hörst du."

Viele ihrer Manuskripte habe ich in den Arbeitsphasen

gelesen. Seit ich denken kann. Das war Vergnügen, Privileg und Verantwortung. Dieses Mal kam es nicht mehr dazu.

Ich weiß, dass sie ihre zweite Amerika-Reise erwähnen wollte. Nach New York mit dem Schiff, Flug zurück. Es war im August 2008 …
Der Arzt hatte ihr wegen der kranken Hüfte Bewegung verordnet. So kaufte sie sich einen Schrittzähler, ließ ihn im Sportgeschäft auf ihre Schrittgröße einstellen und – wie sie es selbst formulierte – „marschierte" täglich die vorgeschriebene Anzahl von Schritten. Dabei kam sie am Schaufenster eines Reisebüros vorüber und erblickte die Werbung: New York mit der Queen Mary II und Flug zurück. Sie war wie elektrisiert und nahm sich vor, am Folgetag zu den Öffnungszeiten des Reisebüros zurück zu kommen.

Sie machte die Reise. Ich begleitete sie. Vom gesundheitlichen Standpunkt war es ein unmögliches Unterfangen. Die Fluggesellschaft wollte sie nicht befördern, ein separates Sauerstoffgerät sollte an Bord genommen werden, verschiedene Ärzte waren dagegen. Schließlich – nach zusätzlichen Untersuchungen und Tests – gestattete der Ärztedienst der Lufthansa die Beförderung.

Ich erinnere mich an ihre Freude, ihr Staunen, ihre spontanen Einfälle, ihre Neugier auf alles. Daran, dass sie beständig Material sammelte für ihre Erinnerungen und daran, wie sie sich erholte und wie gut es ihr ging. Sie war glücklich, genoss jeden Tag, fürchtete sich etwas vor New Yorks Lautstärke und Geschwindigkeit, fühlte sich gut. Ich staunte über ihre gesundheitliche Verfassung.

Auf dem Rückflug, vor dem alle so Bange hatten, tranken wir Sekt.

An eine Episode, die sie mir am Telefon erzählte, erinnere ich mich jetzt. Sie holte Medikamente aus der Apotheke und die Dame am Tresen bot ihr die „Apotheken-Umschau" an. „Hier können Sie Interessantes und Wissenswertes über diverse Krankheiten und Beschwerden nachlesen", sagte sie. Darauf antworte meine Tante freundlich im Gehen: „Vielen Dank, aber ich habe schon alle Krankheiten."

Vielen Menschen war sie innig verbunden. Die Urfassung dieses Buches aus dem Jahr 2010 widmete sie Dr. Hermann Schaedel und seiner Frau Erika. Sie verband eine lange, intensive Freundschaft miteinander. Familie Schaedel hatte einen besonderen Platz in ihrem Herzen. Dr. Schaedel nannte sie „ein medizinisches Wunder" und wünschte ihr die Kraft, ihre Lebensreflexionen vollenden zu können. „… eher darfst du nicht abtreten!", schrieb er ihr. Auch sein Wünschen hat hierbei nicht geholfen.

Ihre letzten Monate verbrachte sie mit der unermüdlichen Arbeit an ihren Erinnerungen. Ich wagte es nie, sie vormittags anzurufen. Vormittags arbeitete sie immer. Auch sonntags. Jede Unterbrechung war eine Störung und ein Ärgernis, jeder Arzttermin, jedes Telefongespräch. Selbst an den Weihnachtstagen arbeitete sie. Sie musste wohl gespürt haben, dass die Zeit knapp wird.

Jeden Morgen saß sie pünktlich vor dem Computer. So lange ich denken kann, arbeitete sie mit einem Höchstmaß an Disziplin. Ihre Arbeit war das Lebenselixier, das

Nahrungsmittel der Tage, das Zentrum der Gedanken und der Inhalt vieler unserer Telefongespräche. Es ging ihr nie um Prestige oder Ruhm. Das Schreiben machte ihr Leben aus, ganz einfach, bis zum letzten Tag – wenige Wochen vor dem 82. Geburtstag. Ihre Freundschaften pflegte sie auch. Freunde aus alten Tagen, neue Bekannte, liebevolle Nachbarn, ihre Familie, waren bedeutsame Bestandteile ihres Lebens – besonders seit dem Tod ihres Mannes. Sie wurde sehr geliebt. Ob sie gewusst hat, wie sehr?

Eine mutige und aufrechte Frau, eine erfolgreiche Autorin, eine geliebte Frau und Freundin, eine geachtete Person in der Öffentlichkeit.

Zu ihrer letzten Buchpremiere in Cottbus im Jahr 2009 kamen an einem stürmischen Tag über einhundert Besucher, applaudierten, als sie den Raum betrat. Sie war eine bekannte Person in ihrer Stadt, eine Berühmtheit, ein VIP – wiederum auf ihre sanfte Art. Sie machte darum nie Worte, aber es muss sie auch gefreut haben, diese bescheidene Person.

Einiges hat sie im Laufe ihres Lebens einstecken müssen. Es hat sie nicht beschädigt. „Herbstgedanken" war ein Arbeitstitel dieses Buches, „Das Leben ein Geschenk" ein anderer. Das Geschenk wird nun zurückgefordert. Sie ging am 9. Januar 2010, wie es ihre Art war, ohne Aufhebens, ganz leise, friedlich … und hat eine Lücke in unser Leben gerissen, die sich nicht in Worte fassen lässt.
„Geh nicht so fügsam in die dunkle Nacht" stammt aus einem Gedicht von Dylan Thomas, in dem er sich gegen das Älterwerden und Sterben auflehnt. Dorothea Kleine

hatte auch diese Zeilen notiert. Sie ist nun gegangen, aber fügsam ging sie nicht.

Und ich weiß auch nicht, wie es ohne sie weitergehen soll. Sie fehlt so sehr. Mein ganzes Leben hat sie über mich gewacht, an mich geglaubt, mich ernst genommen und mich unterstützt. Mir fehlt ihre Gesellschaft, ihr Humor, ihre Güte, ihr Kämpfergeist, ihre Nachsicht, ihr umfassendes Wissen, ihr politisches Bewusstsein, ihr Gerechtigkeitssinn, ihr Lachen, ihre Begabung …

Ich danke für das Privileg, sie so gut gekannt zu haben und dass ich ihr so lange so nah sein durfte. Und für uns alle, die wir sie kannten und liebten oder ihre Bücher mit Gewinn lasen und lesen werden, wird sie weiter unter uns sein. Wir behüten unsere Gedanken und Erinnerungen an Dorothea Kleine und ihr Wesen bleibt uns gegenwärtig und in unseren Herzen.

Dorothea Kleines Bilanz ist außerordentlich und kann sich sehen lassen. Anders als der Mann im Gerichtsbericht am Ende ihrer Erinnerungen hat sie wirklich allen Grund, *hochzufrieden* das irdische Geschehen zu verlassen. Es ist ein Trost zu wissen, dass Bücher nicht sterben. Sie bleiben uns. Über den Tod von Dorothea Kleine hinaus.

Susanne Lüders
Februar 2010 und September 2021

Dorothea Kleine

Bücher (Auswahl):

Die Rechnung ging nicht auf, 1963
Der Ring mit dem blauen Saphir, 1964
Mord im Haus am See, 1965
Einer spielt falsch, 1969
Annette, 1972
Eintreffe heute, 1978
Das schöne bisschen Leben, 1985
Traumreisen, 1989
Ausflug mit Folgen, 1990
Christus kam nur bis Falkenberg, 1998
Rendezvous mit einem Mörder, 1992
Im Namen der Unschuld, 1995
Paula, liebe Paula, 2000
Das fünfte Gebot, 2005
Das Paradies ist anderswo, 2009

Zeitfracht Medien GmbH
Ferdinand-Jühlke-Straße 7
99095 Erfurt, Deutschland
produktsicherheit@kolibri360.de